美貌の騎士団長は逃げ出した妻を
甘い執愛で絡め取る

目次

美貌の騎士団長は逃げ出した妻を
甘い執愛で絡め取る

序章　ラティスは家を出ることにした

——どうして、こうなったのでしょう。

見慣れたはずの部屋の、見慣れたはずのベッドの上には、はあはあと獣のような荒い息遣いが響いています。

これは、私のもの。

新鮮な空気を求めるように、息を吸い込んで、吐き出して。

幾度それを続けても、まるで足りないぐらいに苦しいのです。

体が熱くて、すごく、おかしいのです。まるで、自分が自分ではなくなるように。

私の旦那様であるシアン様が、私の両足を大きく広げて、下着の上から足の中心に顔を埋めています。

なにをしているのかはよくわからなくて。でも、ともかく熱くて、熱くて。頭がおかしくなりそうなのです。

私は、どうしてこんなことになったのかと、きつく目を閉じて瞼《まぶた》の裏側の暗闇を見つめました。

目尻をあたたかいものが伝い、流れ落ちていくのを感じながら。

◇◇◇

――私が、シアン・ウェルゼリア様のもとに嫁いだのは今から三年前のことでした。

その時まだ私は十五歳。

裏庭で花を眺めていたら、突然国王であるハロルドお兄様から呼び出しを受けたのです。

どこを切り取っても美しい広大なお城の、皆から忘れ去られたような裏庭にある古びた鉄製のアーチに、縦横無尽にクレマチスの蔓《つる》が絡みつき、白い花弁の瑞々《みずみず》しい花がいくつも咲いていたことをよく覚えています。

ハロルドお兄様に呼ばれたのは初めてのことでした。

驚き、それから緊張しながら謁見《えっけん》の間に辿りつき、従者たちに促されて中に入りました。

いつ来ても、寒いわけではないのに冷気が肌を突き刺すような、お兄様の権威《けんい》の象徴のようなこの場所が、私は苦手でした。

豪奢《ごうしゃ》な玉座の前に敷かれた赤い絨毯《じゅうたん》が靴音を吸収してくれましたが、それでもかすかな音が静かな空間に響くようで、無性に気になるのです。

居並ぶ兵士たちや従者たちの視線が全て、絨毯《じゅうたん》を歩く私に注がれています。

玉座にはハロルドお兄様が座り――その前には、とても美しい男性が背筋を真っ直ぐに伸ばして立っていました。

私はお二人の前で足を止めると、スカートを摘まみ淑女の礼をしました。

緊張から、指先が震えそうになってしまいます。

「ラティスです。ただいま、まいりました」

挨拶の言葉を考えて、一番短いものを選びました。

ハロルドお兄様は無駄を嫌います。話が長いというだけで、文官を城から追い出したという噂を聞いたことがあります。

ハロルドお兄様の前に立つだけで、鼓動が速くなります。

ハロルドお兄様は私にとって、あまりお兄様という印象はありませんでした。

オルゲンシュタット王国の末の姫として生まれた私は、お兄様に相手にされていなかったために、言葉を交わしたこともほとんどなかったのです。

厳しく、おそろしい国王陛下と――そして、オルゲンシュタット王国のグラウクス騎士団の誉れ高き騎士団長であるシアン様。

シアン様の近くに立つというだけで、さらに鼓動が速くなりました。

私には、一体なんの呼び出しなのか、皆目見当もつきませんでした。

「ラティス。シアンがお前を望んでいる」

「私を……？」

私を値踏みするように眺めながら、ハロルドお兄様がおっしゃいます。

どういう意味かわからない私に、ハロルドお兄様は口角を吊り上げて、意味ありげに笑いました。

「シアン。もう一度、お前の欲しいものを言え」

「ラティス姫を、私の妻に迎えたく思います」

シアン様の低く、あまり感情の起伏のない、けれどどこか艶《つや》のある声が響きました。

私はその言葉の意味を一瞬理解できずに、幾度か目を瞬《しばたた》かせて、それから――まさか、と、息を呑みました。

それは決して、シアン様のことが嫌いだからとか、婚姻が嫌だったからなどではありません。

シアン様はただそこに立っているだけで絵になる、神秘的な黒髪と真紅の瞳を持った美しい男性です。

初めてお会いした時は、なんて綺麗な方なのだろうと、見惚《みと》れてしまったことを覚えています。

同じ人間とは思えない――と表現するのは、きっといけないのでしょう。

もちろん私は、シアン様の持つ色が、その光を受けて艶《つや》めく黒髪や宝石のような真紅の瞳を持つ方々が、『幻獣の民』だと知っていました。

幻獣の民は、古くは幻獣と番《つが》った王国の者たちで、その体には幻獣の血が流れ、神秘の力を使うことができるのです。

幻獣とは、神秘の力を持つ獣のこと。今はもう伝承の中に残るだけですが、古《いにしえ》の時代には王国人と共に暮らしていたのだと、書物には残っています。

――獣印《じゅういん》。獣の番《つがい》。

幻獣の民を、そのように呼ぶ方々もいます。

それは、ひどい言葉でした。私は、その言葉を聞くと眉をひそめたくなります。

けれど、私のように感じる者は、王国には少ないのです。

幻獣の力――人にあらざる神秘の力を持つために、同じ人でありながら、幻獣の民は王国では畏《おそ》れられ、忌避《きひ》されていました。

彼らは我ら王国人とは違う。異物である。化け物だ。

そう言って憚《はばか》らず、幻獣の民を嫌う者が、王国にはずっと多いのです。

幻獣の民のシアン様が騎士団長の地位まで登り詰めたのは、その偏見さえ払拭《ふっしょく》してしまうほどの実力があってのことだったのでしょう。

美しく、勇ましく、そして少し怖い方。

それが私の、シアン様への印象でした。

幻獣の民だから怖いというわけではありません。触れたら手が切れてしまいそうな、冷たい眼差しが、少し怖いと思っていたのです。

それに私は、シアン様のことを美しいと思っていましたから、シアン様のお姿を目に留めると、時折遠くから見つめていました。

盗み見ているという罪悪感もあったのでしょう。

畏《おそ》れを感じるのは、正しくない行いをしてしまった時です。

私はシアン様を盗み見ることを、正しくないと、不敬なことだと感じていました。

「シアンは、ミュラリアの襲撃から俺や妻を守った。多くの役立たずが死んだが、シアン一人で百の兵を相手にし、打ち払った」

口元に笑みを浮かべながら、ハロルドお兄様が言いました。

多くの護衛の騎士たちが亡くなった――という意味なのでしょう。

亡くなった方々を役立たずと言ってしまえるハロルドお兄様のおそろしさに、背筋が凍えるようでした。けれど、ハロルドお兄様とはそういう方だと、私は知っています。

「俺はシアンに褒美を与えることにした。欲しいものはなんでもくれてやると。シアンはお前が欲しいそうだ」

ようやく事情が呑み込めた私は、ただただ驚いてしまって、なにも言うことができませんでした。

――どうして、私なのでしょう。

私は第七王女。七番目の私は目立たず、期待もされない存在です。お姉様たちのような華やかさはなく、シアン様の瞳に映ることがあったとは思えませんでした。

「幻獣の民に嫁ぐのは嫌か、ラティス」

ハロルドお兄様が、私を試すようにそう尋ねます。

嫌だと――答えるのが、普通なのでしょう。

けれど私はそれをしたくありませんでした。

嫌だとは思いません。どうして私をと、不思議に思うばかりではありましたが。

「いいえ、そうではなくて、驚いてしまって。けれど、望んでいただけるのなら、ありがたく受け入れたいと思います」

――密やかに憧れていた方が私を望んでくださっているのです。

驚きはしましたが、同時にありがたく思いました。

シアン様はなにもおっしゃらず、私とハロルドお兄様のやりとりを静かに聞いていていました。

私よりもずっと背の高いシアン様は、隣に並ぶと大人と子供ほどの差がありました。年齢も違います。私は十五歳。婚礼が許される瀬戸際の年齢でした。

シアン様はもう成人されていて、立派に騎士団長を務められています。

私には、シアン様がどうして私を欲してくださっているのか、本当にわかりませんでした。

話が終わると、お兄様の前から退室を許されました。

シアン様とお話しをする機会もなく、すぐに輿《こし》入《い》れの準備が始まりました。

従者たちから聞いた話では、外遊中の王家の馬車を襲った者の数はおよそ百。多くの護衛が倒れる中、シアン様はほぼお一人で、馬車を守ったのだとか。

シアン様が持つ幻獣の民の力である青い炎の中で死に絶える敵兵の姿に、味方までも恐怖する中、ハロルドお兄様だけは手を叩いて喜んでいたのだそうです。

それから数週間後、私はシアン様の邸宅へ向かいました。

静かな輿《こし》入《い》れでした。

王族の婚姻とは総じて派手なものですが、相手は騎士団長様といえども、幻獣の民。

私を祝福する者は、誰もいませんでした。

私の世話をしていた従者たちは、城から私がいなくなることに対する喜びと、幻獣の民に嫁ぐことへの同情がない交ぜになったような表情で、私を送り出しました。

私の世話は、彼らの権力には繋がらないと、彼らは十分に理解していたのです。私に仕えるのなら、私の兄姉たちに仕えるほうがずっと城での優位な立場を得られるのです。

ハロルドお兄様も、姉たちも、私に声をかけるようなことはありませんでした。

それはいつものことですので、あまり気になりません。

それよりも、シアン様と結婚するのだという事実に、落ち着かない心持ちでした。

けれど——私の考えていた新婚生活というものは、ただの夢に終わりました。

私が輿入《こしい》れをして、ほぼ時を同じくして隣国ミュラリアとの戦争が起こってしまったのです。


まともに話す暇もないまま、シアン様は戦争に向かい——三年の月日が経ちました。

その間、ウェルゼリア家に残された私は、使用人の方々に支えられながら暮らしていたのですが、つい先日、シアン様の恋人を名乗る方が家に訪れたのです。

「シアン様はあなたのせいで家に戻りたくないの。戦争が終わらないなんて嘘。ずっと私と一緒に暮らしているの」

オランジットと名乗るその方は、豊満な体つきをした、妖艶な大人の女性でした。

ブルネットの巻き毛に、長い睫毛《まつげ》。肉厚な唇と、高い鼻。爪の先まで綺麗に磨かれていて、ゆったりとした作りのドレスを着ています。

私よりもシアン様と年齢が近いように見えました。

全身から色香が漂う美しい女性ですから、シアン様が心を惹かれてしまうことも頷《うなず》けました。

彼女に比べて私は、まるで子供です。

嫁いできて三年で、少し背丈は伸びて、胸も大きくなりました。

けれど体つきは華奢《きゃしゃ》ですし、オランジットのような大人の女性とは、比べようもありません。

「それは、本当でしょうか。シアン様は、もう王都にお戻りになっていると？」

信じたくないという気持ちで、私は尋ねました。

シアン様はそんな方ではないという気持ちと、けれど私はシアン様のことをほとんど知らないという気持ちが、心の中で鬩《せめ》ぎ合っているようでした。

「シアン様とは街の酒場で出会ったのよ。私は踊り子をしていたわ。シアン様は私をとても気に入ってくれて、何度も会っては抱いてくれたの。すごく情熱的にね」

耳を塞《ふさ》ぎたくなるようなことを、オランジットは言いました。

私は――シアン様と初夜も迎えていないのです。

私はいまだ清いままです。それなのに、シアン様は彼女を愛したのでしょうか。

本当に――？

「私のお腹には、シアン様の子供がいるの」

頭を鈍器で殴られたような衝撃を受けました。

目の前が暗くなるようでした。なにも言えない私に追い打ちをかけるように、彼女は自分のお腹を撫《な》でたあとに続けます。

「あなたは邪魔なのよ、ラティス・オルゲンシュタット。あなたがいるから、シアン様は帰れない。あなたを娶《めと》ったのだって、あなたの兄王に命じられて嫌々だったそうよ」

そんなこと――私は知りませんでした。

ハロルドお兄様は、シアン様のことを気に入っていました。正確にはその力を、とても気に入っているのです。

ハロルドお兄様はシアン様を王家に繋ぎ止めるため、私を無理やりシアン様に押しつけたのでしょうか。

三年前の、謁見《えっけん》の間でのことが思い出されます。

あの時のシアン様は――ハロルドお兄様に「ラティスを妻にしたい」と言うように、命じられていたということでしょうか。

喉の奥に氷塊を突っ込まれたようでした。

そんなわけがありません。けれど、そうかもしれません。

疑う気持ちが湧き上がり、心が冷たくなるのを、私は止めることができませんでした。

「ラティス。早くここを出ていってちょうだい。あなたはいらないの。シアン様の子を宿した以上、私が彼の妻になるのだから」

オランジットの態度や言葉に耐えかねたように、私の後ろで静かに成り行きを見守っていてくれた、ウェルゼリア家の使用人のヨアセムさんとアルセダさんが、一歩前に出ました。

「いい加減にしろ、無礼な女め。シアン様について大切な話があるというから家に通したが、嘘つきもいいところだ」

「金が欲しいのですか？　ウェルゼリア家は、そのような嘘には騙《だま》されませんよ」

ヨアセムさんとアルセダさんは、黙り込んでしまった私の代わりに怒り、オランジットを追い出しました。

「ラティス様。どうか、お気になさいませんように」

「あんな女とラティス様に話をさせてしまった私たちが間違っていたのです」

私は、私を励《はげ》ましてくれる使用人の方々の声を、ぼんやりと聞いていました。

けれど――私は確かにそうかもしれないと思ってしまったのです。

ハロルドお兄様なら、やりかねないことです。私のお姉様たちは、ハロルドお兄様の政権を安定させるために、政略結婚の道具にされていました。

きっと、私も同じ。

シアン様という剣を手元に置くために、王家の血筋である私を妻に娶《めと》れと命じたのです。

私は何故シアン様が私を欲してくださったのか、不思議なままでした。

けれど、ようやく腑《ふ》に落ちたような心持ちでした。

シアン様は私に触れることはありませんでした。情を交わすこともなければ、キスもしませんでした。

――本当は嫌だったのに、ハロルドお兄様の命令で娶《めと》ったのなら、それも当然です。

心が、悲しみで支配されるようでした。けれど、ぬるい諦めも感じていました。

私はずっと、そうなのです。

私はどこにいても必要とされません。城の中でも、私はいらない存在でした。

女性の言う通り、私は邪魔なのだと思いました。

だから私は家を出ていくことにしたのです。

一度嫁いだ者が実家に戻るなど、恥でしかありません。

オランジットが帰るとすぐに、私はほんの少しの荷物を持って、ウェルゼリア家を出ました。

親切にしてくださったウェルゼリア家の方々には申し訳なく思いましたが、シアン様の邪魔にはなりたくないのです。

私はシアン様に憧れていましたし、結婚を望んでいただけたことを嬉しく思っていました。

けれどシアン様はそうではなかったのです。

ただただ、悲しいばかりでしたが――シアン様のお立場を思うと、不憫《ふびん》でなりませんでした。幻獣の民として、騎士団長にまでなられたシアン様は、そのお立場を守る必要があります。ハロルドお兄様の命令に逆らうことなどできません。

シアン様でなくとも、ハロルドお兄様に逆らうことができる人など、お城にはいなかったのですから。

シアン様がご不在でも、ウェルゼリア家の方々は私にとても優しくしてくださいました。

この三年間は本当に、穏やかな日々で――それを失うのは辛いことでしたが、これ以上迷惑をかけたくはありませんでした。

私は、なんとか一人で生きていくつもりでした。

シアン様に嫁ぐまで、私はお城を出たことはほとんどありませんでした。

まだ両親が生きていた幼い頃は――馬車に乗って、他の兄姉と共に避暑地に連れていっていただいたでしょうか。よく、覚えていません。

ウェルゼリア家に嫁いでからも、外は危険だからと、邸宅の中で暮らしていました。

シアン様はそのお立場上、人から恨《うら》まれることも多いようです。

幻獣の民が権力を持つことを気に入らないと感じる人は私が考えている以上にとても多く、シアン様がいらっしゃらない今は、シアン様の家族である私にその恨《うら》みが向けられる可能性があるのだと、使用人の方々は私が外へ行くことを止めていました。

不自由はありませんでしたし、邸宅はお庭も含めてとても広いので、窮屈《きゅうくつ》にも感じませんでした。

むしろ今、王都の街中を人混みに揉《も》まれるようにしながら歩いていると、その人の多さに圧倒されて、目眩《めまい》を感じるほどです。

ひたすら歩いて、邸宅の場所がどこだったかさえわからない場所まで来ると、心細さを感じました。

ふと顔を上げると、王都の門があります。

巨大な石造りのアーチが空高くそびえ立ち、全体に複雑な彫刻が施されています。

門の前では門兵が、出入りする人々の身元を確認しています。荷馬車や、旅の人々や、出稼ぎに来る人々など、様々な格好をした者が門の前に行列を作っていました。

『これは凱旋《がいせん》の東門。この門から、騎士団は戦争に向かう』

三年前に、ここに立ってシアン様をお見送りした時のことが思い出されます。

門の向こう側には、国境に向かう騎士団が待機していました。人々が勝利を願い、彼らを見送っていました。華やかなその見送りの陰に隠れるようにして、私と使用人の方々とシアン様は、別れの挨拶をしたのです。

『シアン様、どうかお気をつけて。ご無事をお祈りしております』

『あぁ。ここを通り、必ず戻る。帰りを待っていてくれるか』

『はい。もちろんです、シアン様』

シアン様は静かに頷《うなず》くと、馬に乗り、門の向こう側へ去っていきました。

私はその背中を、見えなくなるまでずっと見送っていました。

どうか、シアン様を守ってくださいと神に祈りながら。

ふと、どうしようもない寂寥感《せきりょうかん》が込み上げてきます。

私は――シアン様に憧れていました。その憧れは、シアン様に会えない三年間で、恋に変わっていました。

お帰りになったら、なにを話そう。

私と手を繋いで、街を歩いてくれるだろうか。

抱きしめてくださることはあるのだろうか。

どうか、ご無事で。あなたを待っているから、ご無事で帰ってきてください、と。

そんなことばかりを考えていました。

それは叶わぬ夢に終わってしまいました。

私が密やかにいなくなれば、きっとシアン様は安堵《あんど》されます。私がいなくなったことに安堵《あんど》していた、城の従者たちのように。

自分を哀れみそうになる心を切り替えるために、私は深く息を吐きました。

ここで足を止めていては、どこにも行くことができません。

できれば王都からは身を隠して、どこか離れた街で生きていこうと思います。ハロルドお兄様にもシアン様にも見つからない場所に行かなくてはと、私は門の前の行列に並ぼうとしました。

王都の門の周囲には、市場や商店が多くあり、門の行列の最後尾がどこにあるのかわからないぐらいに、人が煩雑《はんざつ》に溢れています。

人混みに潰されそうになりながら、私は行列を辿りました。

これほどの多くの人の中では、私の存在などあってないようなものです。

あまり目立たず地味な私ですから、余計に埋もれてしまうでしょう。

ウェルゼリア家の方々が私の不在に気づいたとしても、きっと見つかることはありません。

ここにいるたくさんの方々は私を知らず、私もまた彼らを知りません。

それがとても寂しいと、感じます。

なにも知らず気づかずに、シアン様のお傍《そば》にいることができれば、幸せだったでしょうか。

けれどもう――それはできません。

厳《いか》めしい男性にぶつかり睨《にら》まれたり、女性に邪魔だと言われたりしながらようやく見つけた行列の最後に並ぼうとすると、不意に、強い力で腕を掴まれました。

私は驚いて顔を上げました。

そして、さらに驚いて目を見開きました。

私の腕を掴んでいるのは、見上げるほどの偉丈夫で、美しく精悍《せいかん》な顔立ちをした――赤い瞳に燃えるような怒りを湛《たた》えた、シアン様だったのです。

――三年前より、迫力のようなものが増したでしょうか。

そこにいるだけで人目を引く美貌《びぼう》は変わりませんが、長く戦場に身を置いていたからでしょう、少しお痩《や》せになった気もします。

いえ、でも、戦場ではなく、恋人のところに身を置いていたのでしたか。

私は、少し混乱をしているみたいです。

シアン様が、どうしてここに。

掴まれた腕が痛い。今にも捩《ね》じ切られるのではないかというぐらいに、大きな手が、骨ばった長い指が、私の腕を強く掴んでいます。

道行く人たちは異変に気づいたのでしょう、「シアン様だ……」と名前を呼んでざわめきながら、私たちから離れていきました。それこそ、波が引くようにというのでしょうか。

私は道の真ん中で、シアン様に腕を掴まれたまま青ざめていました。

「どこへ行く、ラティス」

真夜中に響く獣の遠吠えのような低い声が、私の名前を呼びました。

私はびくりと体を震わせて、私を見据える剣呑な光を湛《たた》えた美しいルビーのような赤い双眸《そうぼう》を見上げました。

目立たないようにと着てきた黒いワンピースに、ショールを纏《まと》い、長い銀の髪をゆるく結った、桜色の瞳を不安げに見開いた女が、シアン様の瞳に映っています。

「……っ」

私は、息を呑みました。

まさかこんな人混みの中で、見つかってしまうなんて。それに、シアン様がどうして私を。

――本当は、おかえりなさいと言って、戦働きを労《ねぎら》いたいのです。

寂しかった、無事でよかったと、帰還を喜び、少し甘えてみたくもありました。

理由はわからずとも妻に娶《めと》っていただいたのですから、できることなら夫婦として――愛し合いたかったのです。

「わ、私……私は、ラティスではありません」

三年も会っていなかったのですから、誤魔化せるのではないかと思いました。

私の存在がシアン様の迷惑になるのなら、私は静かにいなくなりたいのです。

ウェルゼリア家の方々には、よくしていただきました。

シアン様に欲しいと請われたことも、不思議には思いましたが嬉しかったのです。

感謝をしています。だから私は、シアン様の邪魔をしてまで、必要とされていないのに、妻の座にしがみつく気にはなれませんでした。

シアン様の顔を見ると、その気持ちはいっそう強くなりました。

恋しいと思うからこそ、あなたの邪魔はしたくないのだと。

「君は、ラティスではない？　俺が君を見間違えるとでも？」

ぎりりと、私の腕を掴む手に力がこもりました。

「君の気配が、ウェルゼリアの家から消えた。家の者たちには、君を外に出してはいけないと伝えていたにもかかわらずだ」

「私の、気配……？」

「ミュラリアの将の首を、いくつかとった。ミュラリアは引いたが、戦後の片づけが残り、なかなか戻ることができなかった。だが、俺にとっては戦などより君のほうが大切だ。だから、急ぎ帰還した」

「シアン様は……」

踊り子の女性のもとに、身を寄せていたのではないのでしょうか。

尋ねたくても、言葉が喉の奥に張りついてしまったかのように、なにも言うことができません。

「は、離してください……私は、ラティスではないのです」

「そうか。ならば君の体に直接尋ねよう。来い、ラティス。……やっと手に入れたんだ。俺は君を逃すつもりはない」

私は首を振って、シアン様の手を振り解いて逃げようとしました。

けれど逆に引き寄せられて、軍服を纏《まと》った硬い体に抱きしめられてしまいました。

軍服からは、深い森のような香りがします。爽やかで澄んでいて、けれどどこか湿っていて、雨に濡れた土のような——鬱蒼《うっそう》と茂った森の中に咲いた大きな赤い花の花弁に、雨の雫《しずく》が落ちて、しっとりと湿る花弁の上をつるりと流れていくみたいな。

深く、甘い、くらくらするような香りです。

「シアン様……離してください……！」

「二度と俺から逃げようと思わないよう、俺は君を躾《しつ》けなくてはいけないようだな」

シアン様の身に纏《まと》った黒いマントが、足元から燃え上がるように蒼炎に包まれました。

熱くはありません。けれど、私は皮膚が焼けるような錯覚に、「ひ……っ」っと、小さく悲鳴を上げました。

シアン様は、幻獣の民。魔法と呼ばれる不思議な力を使えます。

炎に包まれた私たちは、次の瞬間、見慣れたウェルゼリアのお屋敷の、寝室のベッドの前に立っていました。

シアン様は私から荷物を奪うと床に投げ捨てて、私の体を抱き上げました。

そして、ベッドにやや乱暴に私を横たえました。

天蓋《てんがい》のあるベッドの頭側、両角の支柱から、植物の蔓《つる》のようなものが私の腕に伸びて巻きつき、私の体を拘束しました。

シアン様が魔法を使う姿を見たのは、これが初めてでした。

それぐらい私は今まで、シアン様と関わることがなかったのです。

シアン様はマントを乱雑に床に落として、軍服の上着を脱いでそれも床にばさりと落としました。

白いシャツに包まれた筋肉質な体が露《あら》わになります。

太い首に、くっきり浮き出た喉仏。太い腕と、引き締まった腰、厚い胸板。

男性を男性だとこれほど意識したのは、初めてのことかもしれません。

シアン様は美しい方です。そのお顔だけ見ていると、どこか浮世離れしていて神秘的で、この世の人とは思えない美貌《びぼう》に、私はただ圧倒されるばかりでした。

だから、男性だとそこまで意識したことはなかったのだと思います。

今は、少し、怖いのです。

「あぁ、姫。俺の、ラティス。あなたを娶《めと》ることができて夢のようだった。それなのに、戦が始まりあなたの顔を見ることも声を聞くこともできず、俺はずっと、地獄の業火に焼かれるほどに、あなたを求め、焦がれていた」

両手を拘束されて動けない私を見下ろしながら、シアン様は美しい顔に暗い笑みを浮かべました。

第一章　不死鳥の欲

ベッドのスプリングが沈み、大きなベッドが揺れました。

シアン様が私に覆い被さるようにして、私を見下ろしています。

以前よりも伸びた黒髪が私の頬に触れました。

「ラティス、君は俺のもの。逃げるなど、許さない」

私の耳元で、シアン様は囁《ささや》きました。少し掠《かす》れた声音が鼓膜を揺らして、とくんと、心臓が跳ねました。

射抜くような瞳が、拘束されて動くことのできない私の隅々までを観察するように、睨《ね》め回します。

香り立つような色香を纏《まと》ったシアン様の姿を見ているだけで、おそろしさとは違うぞわりとしたなにかが、私の体を駆け上がりました。

それは——今まで味わったことのない感覚で、ただ怖いだけではなくて、僅《わず》かな期待を孕《はら》んでいるように、頭の奥が熱く疼《うず》くようでした。

私はついさっきまで、一人で生きていかなければと、思っていたのです。

シアン様にはもう二度とお会いすることはなく、身分を捨て名前も捨て、どこか遠くの小さな街で、誰も私を知らない場所で、細々と生きていかなければと。

心細くて、不安でした。

そして、寂しかったのです。

けれど今は――シアン様を怒らせてしまったことが、とても苦しいのです。

私はどうすればよかったのでしょう。

オランジットのお腹には、シアン様との子が――

オランジットがお腹を撫《な》でる手が、あなたは邪魔なのだという声が、頭の中に蘇《よみがえ》りました。

「シアン様……なにを、なさるのですか……？」

「君を娶《めと》った時、君はまだ十五。幼くあどけなく、清らかで純粋で、君に触れるのはまだ早いと堪えていた。だが」

シアン様の指先が、服の上から感触を確かめるように、私の肌に触れていきます。

首筋、鎖骨、脇腹、腰を撫《な》でて、閉じていた足をやや乱暴に開きました。

スカートが捲れ、ショーツが露《あら》わになります。

それはいつも侍女が選んでくれているもので、美しいレースの装飾が施された白いショーツです。

ガーターベルトと、膝上まである薄い白の靴下。全て、私が不自由しないようにと、シアン様が使用人の方々に命じて私の体に合わせて作ってくださった物でした。

ご不在の時でさえ、シアン様に私は、大切にしていただいていたのです。

私は――どうして、シアン様を信じることができなかったのでしょう。

使用人の方々は、シアン様が心変わりをするはずがないと、言っていたのに。

「美しいな、ラティス。幾度も夢で見た。俺の手で、君を穢《けが》す夢を」

男性に、そんな場所を見られるのは初めてでした。

逃げ出したくなるほどの羞恥心が湧き起こり、私は足を閉じようとして体を捻《ひね》りました。

「や、……いや、シアン様、お許しください……」

「許す？　俺は君を責めていない。自分の迂闊《うかつ》さを呪いたいとは思うが。……ラティス、ずっと触れたかった。俺の、姫。美しい足も、可憐な花も、俺のものだ」

シアン様の唇が、私の下腹部に触れました。

柔らかくあたたかく、湿った軟体動物のようななにかが下腹部から私の両足の間に降りていきます。

薄衣の上から足の間を、シアン様のぬるりとして柔らかい——舌が辿りました。

私の誰にも見せたことのない不浄の場所を、シアン様が舐《な》めているのです。

私はあまりのことに、大きく首を振りました。

「駄目です、駄目、シアン様、やめてください……っ」

「王国の経典では、快楽は悪、だったか」

からかうように、シアン様はおっしゃいました。

そんな場所に、一体なにがあるのか私にはよくわかりません。

ただ、舌先でつつくように舐《ねぶ》られると、体が熱く、腰が浮き上がるような奇妙な感覚が私を支配しました。

「ひ……ぅ……」

「男女の交わりは子作りの時のみ。体に触れることはせず、ただ、性器を入れ、果てる。女性はただ静かに受け入れる。君もそのように教わっているのだろう？」

「だ、男女の交わりは、情を交わし、子供をもうけるための、神聖なものです……」

「では何故、君の体には、ただ快楽を得るためだけの場所があるのだろうな」

私には、シアン様のおっしゃっている言葉がよくわかりません。

ただ、シアン様の吐息がその場所に触れ、その場所を指先でかりかりとひっかくたびに、体の奥が蕩《とろ》けるようななんとも言えない感覚が私を襲いました。

「シアン様……っ、どうか、ご慈悲を……駄目です、やぁ、あ……」

「あぁ、可愛いな、ラティス。俺の名を呼んで、泣き叫ぶといい」

「やぅ……あ、シアン様、いやぁ……」

ねっとりと、唾液を染み込ませるようにして、シアン様の舌が私のそこを舐《ねぶ》り、私は涙をこぼしました。

じゅる、じゅぷ。

と、耳を塞《ふさ》ぎたくなるような小さな水音が、鼓膜を揺らしました。

シアン様の舌が、まるで私を食べるようにその場所を下から上へ舐《ねぶ》ります。

そのたびに、ざわざわして落ち着かなくなるなにかが、下腹部から足先までを走り抜けました。

こんなこと、いけないのに。

これは、罪深い行いだと、頭では理解しています。

けれど両手は拘束されて、両足はシアン様が押さえつけるようにして開かせているので、私は腰を浮かせることしかできません。

そうするとまるでシアン様の唇にはしたない場所を押しつけているような姿になってしまいます。

泣き出したくなるほど恥ずかしいのに、体が切なくて、どうしてもびくびくと腰が跳ねてしまうのです。

初めての感覚に、私はただ堪えるしかありませんでした。

「ラティス、まだほんの少し触れただけなのに、物欲しそうに腰が揺れている。俺の姫は、清純でありながら淫乱の素質があるのかもしれないな」

淫乱とは、最も忌《い》むべき罪の一つです。

シアン様の言葉が、私の心臓に棘《とげ》のように突き刺さりました。

私にはシアン様のお心がわかりません。

私を貶《おとし》めたいのでしょうか。私を、憎んでいるのでしょうか。

「ふ、ぁ、あ……」

シアン様の舌で、その場所をこりこりと下着の上から食《は》まれ、舌先で押し潰されると、甘えた声が勝手に唇から溢れてしまいます。

堪えようとしているのに。

その場所には、触れられると全身に痺《しび》れが走る、よくないなにかがあるようでした。

「やぁ、あっ、あっ、だめ、だめです……」

言いようのない甘い感覚と、いけないことをしているおそろしさで、私はうわごとのように拒絶の言葉を口にしました。

私の言葉がシアン様に届いて、ご慈悲を頂ければどんなによかったでしょう。

こんな罪深い姿を見られるのは、とても苦しくて。

でも——

「ラティス、俺は幻獣の民。その本性は獣だと——王国の者たちは言う。だが、快楽は禁忌《きんき》だと教えられてきた君も、すぐに頬を染め、愛らしく喘《あえ》ぎ、淫らな露をこぼすのだな。君も俺と同じ。快楽の前には、獣の本性が現れる」

シアン様が私のその場所を包み込むようにして口に含み、じゅ、と、強く吸いました。

たったそれだけのことなのに、全身がひりつくような痺《しび》れに襲われます。

それは甘く、淫らで、強く奥歯を噛み締めていたはずなのに促迫《そくはく》とした呼吸とともに、声にならない声が喉の奥から溢れ出ました。

「あっ、あっ、ゃあああっ、あああっ」

見開いた瞳から涙が溢れて、髪やシーツを濡らしました。

助けを求めるように、拘束されている両手でシーツを掴んでひっぱりましたが、逃げられないように腰を掴まれて、シアン様の口の中で私のその場所は、ちゅる、じゅ、と、小さな音を立てながら下着ごと強く吸われています。

全身がひりつくような痺《しび》れは収まらずにずっと続いて、私ははあはあと荒い呼吸を繰り返し、悲鳴のようなか細い声を上げながら両足をばたつかせました。

「シアン、さま……もう、やめてくださ……っ、ぁああっ、ゃ、吸わなっ、で、お願いです……っ、おかしくなって、しまいます……っ」

「あぁ、ラティス。このまま君のこの可愛い場所を、食べてしまいたい」

「っ、は……ひっ、あ、ああっ、ゃ、あぁあぅ」

低く掠《かす》れた声でシアン様が言って、残酷なぐらいに強くもう一度その場所をじゅるじゅると吸いました。

美しいシアン様がそのようなはしたない音を立てていることが信じられなくて、これはなにかの間違い、夢かなにかなのではないかと思いました。

けれど体に与えられる感覚だけは本物で、私は本当に体の一部がなくなってしまうのではないかというぐらいの、四肢がばらばらになってしまって、自分の居場所がどこにあるのかわからないぐらいの激しい衝撃に、体をじたじたと動かしました。

私を拘束するシアン様の大きな手のひらの感覚と、シアン様の熱く湿った口腔内と舌の感覚だけが、私の全てでした。

「あっ、ああっ、シア……さ……っ、あああっ……！　あっ、だめ、だめです……いやぁ……っ！」

頭の中が真っ白に染まります。見開いた瞳に映っているはずの景色を、私は理解できなくなっているようでした。

体の奥からとろりとした液体がたくさん溢れて、シーツや太腿をぐっしょりと濡らしていくのがわかりました。

私はなにが起こったのかわからず、じんじん痺《しび》れる体を持て余しながら、はあはあとただ呼吸を繰り返していました。

体がしっとりと汗ばみ、足にも手にも力が入りません。

まるで粗相《そそう》をしてしまったように、ショーツやスカートが濡れてしまっています。

シアン様は私の髪を撫《な》で、涙に濡れた頬を撫《な》でて、呆然としている私の顔に熱心に視線を注いでいました。

シアン様の瞳に映る私は、どんな顔をしているでしょうか。どんな姿を、しているでしょうか。

高いところから突き落とされたような衝撃が収まると、少しずつ意識が明瞭になってきました。

夢の中にいるように、柔らかくぼんやりしていた世界から、現実に引き戻されるように。

「……ラティス、上手に気を遣ることができたな。良い子だ」

「……シアン様……」

やめてと言ってもやめてくださらなくて、残酷なことをなさったシアン様なのに、その口調はどこまでも優しく、まるで幼子をあやすようでした。

私は掠《かす》れた声でシアン様を呼びました。

先ほどまで、自分のものではないような甘く高い声を上げていたなんて信じられないのに、甲高い悲鳴を上げたせいでしょうか、私の喉は少し、ひりついていました。

ひりつきが、あれは夢ではなかったのだと私に現実を突きつけます。

「わ、私……こんな、酷い……あまりにも、残酷です、シアン様……」

はらはらと涙がこぼれました。

シアン様は私の目尻に口づけて、大切そうに涙を啜《すす》りました。

残酷なことをされたはずなのに、たったそれだけのことで私の心は歓喜に震えました。

それはまるで、私がシアン様に愛されているようで――

勘違い、してはいけないのに。

シアン様には愛する女性がいます。私をこうして連れ戻したのは、私が王家の娘だからなのでしょう。幻獣の民であるシアン様が王家の娘である私を捨てることは、許されないのです。

それが王家に知られれば、シアン様は今までのお立場や功績がどうであれ、糾弾《きゅうだん》されるでしょう。

だからシアン様は私が逃げたことをお怒りになって、私を連れ戻したのです。

そして、このような罪深いことをなさったのです。

私が二度と、明るい陽の光の下を、歩くことができないように。

「ラティス、あぁ、泣かないでくれ、ラティス。俺の姫、俺の宝物。君の瞳を、悲しみに曇《くも》らせたいわけではなかった」

「……そんな、嘘を……」

「嘘などつかない。愛している、ラティス。……ずっと、こうして触れたかった。俺のもとから逃げようなどと思えないぐらいに、俺に君を深く愛させてくれ」

「シアン様……」

愛しているという言葉に、心が震えました。

本当なのでしょうか。

僅《わず》かな混乱を感じました。

けれど、残酷な目に遭って、誰にも見せたことのない恥ずかしく淫らで、罪深い姿を見せてしまった後では、シアン様の言葉はまるで慈雨《じう》のように私の心に染み込んでいきました。

——嬉しい。

そう、思ってしまうのです。

「シアン様……でも、シアン様には……」

「ラティス、俺を貶《おとし》めようと画策する愚か者は多い。幻獣の民である俺が騎士団に所属していることが気に入らないのだ。ここに来た女も、くだらない策の一つなのだろう」

忌々《いまいま》しそうにシアン様は言って、それから蕩《とろ》けるような甘い口づけを、私の額や、頬に落としました。

「俺が迂闊《うかつ》だった。屋敷の守護は万全にしていたのだが、悪意を持たない客人にまでは効果を為《な》さない。俺の愛人を騙《かた》るなど忌々《いまいま》しいことだが……」

「私……シアン様に、愛されていなかったのだと、思って……酷いことをなさるのも、私がお嫌いだからなのかと」

「そんなわけがない。俺のもとから去ろうとする君を見て、頭に血が昇ったのは確かだが」

シアン様は私の乱れた髪を撫《な》でて、そっと唇に触れるだけのキスをしてくださいました。

どこまでも優しく、愛に満ちた仕草に、私は——許されたのだと思いました。

「ラティス。可愛い、俺のラティス」

「ん……」

「愛している。俺なしでは生きていけなくなるほどに、朝も夜も、俺を欲しがるぐらいに、快楽で染めてやろう」

密やかに囁《ささや》かれた言葉を理解するより前に、噛みつくような口づけをされて、私は切なく眉を寄せました。

触れるだけのキスはとても優しくて、慈愛に満ちたものでした。

けれど二度目のそれは、私の唇が食べられてしまうように深く、私の体の上にシアン様の大きな体が乗る重みを僅《わず》かに感じました。

私の唇の狭間を、ぬるく湿ったなにかがつつきます。それは、先ほどまで私の罪深い場所を舐《な》めていたシアン様の舌だとすぐにわかりました。

「ふ……っ、う、ぅ」

シアン様は私を愛してくださっていて、私は——許していただいたはずなのに。

どうしてこんなことをなさるのかわからず、私は再び混乱しました。

シアン様は私の口の中に、シアン様の舌を押し込もうとしているようなのです。

キスとは、唇を重ねること。それは愛し合う者同士の、愛を確認するための挨拶のようなもの。

王家の姫として、誰に嫁いでも恥ずかしくないようにと褥《しとね》教育を受けていた私は、そう教わってきました。

シアン様のおっしゃっていたように、交合とは子を成すための神聖な儀式で、女性は動かず声を出さず、ただ粛々《しゅくしゅく》と男性の精を受け入れます。

男性は、女性の中に性器を入れて、子種を注ぎます。

快楽とは罪深いものなので、それは静かな儀式のように、行われるものでした。

交合で快楽を感じることは罪であると——私は教わってきたのに。

交合の最中に許されるのは、触れ合うだけのキスと、子種を注ぐ目的の、挿入だけ。それ以外は大罪であり、快楽のために交合を行ったことが日のもとに晒《さら》されれば、投獄されてしまう場合もあるのです。

「……ん、んぅ」

いやいやと顔を背けても、シアン様は強引に唇を合わせ続けました。

何度も唇の間を舌で撫《な》でられると、先ほどいけない場所を舐《ねぶ》られていた時に感じたものと同じような、ぞわぞわした感覚が私を襲います。

息苦しさとともに、体を捩《よじ》りたくなるような切なさが体を支配しはじめて、私はもうどうしようもなくて、薄く唇を開きました。

「ふぁ……」

ぬるりと私の口腔に入り込んできた舌が、私の口蓋をざらりと舐《ねぶ》ります。

（あつい……なに、これ……っ）

どうしてなのかわからないけれど、その場所を舐《ねぶ》られるとなにかのスイッチを押されたように、体から力がくたりと抜けました。

さざめきが強くなり、お腹の下のほうが、切なく疼《うず》きはじめます。

口の中に、舌を入れることなど、私は知りませんでした。

ぬるぬると口蓋を舐《ねぶ》られて、大きくて長い舌が、なにかを探すように私の口の中を弄《いじ》りはじめます。

言いようのない感覚と、まるで紅茶に溶けだした蜂蜜のように甘いシアン様の味に、頭がくらくらしてきます。

私――なにも、考えられなくなってしまいます。

「は、ぅう、ん、ん……っ」

くちゅりと、奥にひっこめていた舌を絡め取られました。

尖《とが》った舌先でゆっくりと舌の裏側や、奥を舐《ねぶ》られて、舌を擦り合わせられます。

これも、いけないことのはずなのに、たまらなく気持ちがいいのです。

本当はいけないのに。気持ちよくて、切なくて。

先ほどまで舐《ねぶ》られていた私のはしたない場所がきゅんと疼《うず》き、触れられてもいないのに、じくじくとした切なさが広がっていきました。

「ん、ん……」

「可愛い、ラティス、なんて甘いんだろう。ラティス、舌を出せ。もっと君を、食べさせてくれ」

「っ、は、……いけません、シアンさま……こんなの、駄目」

「いけないことなどなにもない。俺は君を愛している」

「でも……」

「ラティス、俺は君の夫だ。俺の言うことが聞けないのか？」

あぁ――駄目です。

息継ぎの狭間に、愛しげに名前を呼ばれて、拒否など許されないように、低い声で命じられると――私は。

まるで、体が蕩《とろ》けていくようです。

嫁いでから三年、シアン様に会えず、声も聞けず、私は寂しかったのです。

そして――妻という立場を諦めたつもりでいても、心にぽっかりと穴が空いたように、悲しくて、苦しかったのです。

愛しているという言葉と、触れ合う体温と、それからまるで心の底から欲しいと想われているような、このふしだらな行為が、いけないとわかっているのにたまらなく、幸せだと感じてしまうのです。

「シアン様……っ、あ、あっ、ん……んぅ……っ」

おずおずと舌を差し出すと、シアン様は長い舌で私のそれを絡め取り、ちゅる、と強く吸いました。

それと同時に、私の切ない場所に、硬くて熱いなにかが擦りつけられました。

舌を擦り合わせながら、切なく膨れるはしたない場所に、硬いものがこりこりと押しつけられて、擦られます。

一度高められて引いていった熱が、体中を暴れ回るようにして、暴虐に高められていきました。

「っ、ふ、ぅう……っ」

あぁ、また。

またあの感覚が私を襲います。

「っ、ぁ、あああっ、ゃ、あっ、あ、シアン様、駄目です、そこは駄目です……っ」

「ラティス」

「ふぁ、ああっ、んん……っ」

一度離れた唇が、再び深く重なりました。

私の中にあるなにかを探るようにして、余すところなく舐《ねぶ》られて、舌を吸われると、閉じた瞼《まぶた》の裏側にちかちかと星が散るようでした。

私は再び、高みに押し上げられて——大きく体を震わせて、意識を濁《にご》らせました。

再びあの感覚に襲われて、なにがなんだかわからないままにぐったりと体の力を抜いた私の首筋に、シアン様の口づけが落ちました。

優しいキスの後に、ちくりとした痛みが走ります。

首筋を啄《ついば》むように、ちゅ、と音を立てながら吸われて、鎖骨をかりっと噛まれると、少しの痛みとそれ以上の甘さが体に広がりました。

唇や舌で体に触れられることは禁忌《きんき》のはずなのに、今の私はそれがシアン様からの愛情のように感じられます。

「ラティス、甘いな。君の体は、全て甘い」

「シアン様……汚いです、駄目……」

「君の体に、汚いところなどない。先ほどまで君は罪深いからいけないと言っていたが、俺に触れられるのはもう嫌ではないのか？」

「……っ、それは」

「君を貶《おとし》めるようなことを言って、すまなかったな、ラティス。俺は、愛しているから君に触れたい。君の体に余すところなく触れて、舐《な》めて、君を鳴かせたい」

「……私」

「君が嫌と言おうが、駄目と言おうが、やめるつもりはない。君は俺のものだ。全て俺に委《ゆだ》ねて、俺を感じていればいい」

全て委《ゆだ》ねていいとは、なんと甘美な言葉なのでしょうか。

罪深さも罪悪感も全て、シアン様のせいなのだと責任を押しつけて、頭を空っぽにしてただ、与えられるままに、愛されるままに受け入れていればいいのですから。

「シアン様……」

名前を呼ぶ声に、甘えるような響きが含まれます。

シアン様は敏感にそれに気づいたようで、口角を笑みの形に吊り上げると、私の頬を撫《な》でました。

「良い子だ、ラティス。怖いことはなにもない。快楽は、愛の証。存分に乱れるといい」

「愛の、証……？」

「そうだ。愛しく思うからこそ、快楽を感じる。俺が君を愛し、君が俺を愛している証」

愛しているから、気持ちがいい……？

その言葉はまるで、はしたない私を全て許してもらえる免罪符のようでした。

快楽は、禁忌《きんき》。

それなのに、これが愛だというのでしょうか。

だとしたら――なんて、激しくて、苦しくて切なくて、甘いのでしょう。

「可愛い君を、もっと見せてほしい。俺を感じて、快楽に泣く君は、とても可愛い」

「でも……私」

「良い子だ、ラティス。俺の声を聞いて。俺の言うことだけを聞け」

あぁ、長い間会うことのなかった旦那様に、優しい声で褒められるのは――嬉しい。

心が震えて、愛しさでいっぱいになってしまいます。

私は誰に期待をされることもない七番目の末娘でしたから、父母に特別に愛されたという記憶もありません。

使用人や侍女たちはいましたけれど、城の中で権力を持つこともない私に仕えるのは、どちらかといえばあまり名誉なことではありませんでしたから。

だからこんなふうに熱を帯びた声で名前を呼ばれると、宝物でも扱うように肌に触れられると、嬉しくて。

幸せを、感じてしまうのです。

「シアン様……いいのでしょうか……」

「この屋敷に、俺たちの行いを咎《とが》めるものは誰もいない」

「はい……」

「俺に君を愛させてくれ。君の深いところに触れたい。ラティス、愛している」

私の着ているワンピースの一列に並んだボタンが、ぷつぷつと器用に外されていきました。

そこには、強引さも乱暴さもまるでなくて。

けれど私の両手を拘束している柔らかい植物の蔓《つる》は、解かれることがありません。

痛みはなく、恐怖もありません。

その拘束は、いけない行為を受け入れる私の、言い訳になっている気がしました。

そして——シアン様の強い思いが感じられるようで、今は拒否感よりも喜びに、胸が震えるのです。

「美しいな、ラティス。三年前とは少し変わっただろうか。できれば傍《そば》で、君を見ていたかった。しかし……」

服を脱がされ下着だけを身につけた私の皮膚の上を、シアン様の指が這《は》います。

コルセットの紐《ひも》が外されてまろびでた胸を、片手で掬《すく》うようにして持ち上げて、くるりと薄く色づいた胸の中央に触れました。

「シアン様、そこは……」

「赤子を育てるための場所と、教わっているのだろう。ラティス、君の愛らしい胸の宝石も、いやらしい花芽と同じ。快楽を得ることができる」

「……あ」

「だが……ここを淫らに花開かせるのにはまだ早い。俺は、君と繋がりたい。君が俺のものだと、君の奥深くに、刻みたい」

シアン様は私の胸の頂にそっと口づけて離れると、脇腹から臍《へそ》、下腹部へと音を立てながら口づけました。

それからするりと、私のしとどに湿ったショーツを脱がせました。

ひやりとした外気に晒《さら》されたそこが、一体どうなっているのか私にはわかりません。

自分では、見たこともない場所なのです。

「布の上から舐《な》めただけで達してしまうぐらいに敏感で可愛い小さな芽が、赤く腫れて、舐《な》めてほしいと震えている。望み通りたくさん可愛がってやろう、ラティス」

ぞわりとしたものが、背筋を走ります。

布の上から舐《ねぶ》られた時、おかしくなるぐらいに体中がぞわぞわしたのです。

それは、快楽と呼ばれるもの。

布の上からでもあれほど気持ちよかったのですから、直接舐《ねぶ》られたら、私はどうなってしまうのでしょうか。

怖いような気がしました。

けれど、僅《わず》かな期待も、私は感じてしまっているようでした。

シアン様の指が、私のその場所を広げていきます。

普段は閉じている場所を広げられて観察するようにじっくり見られると、泣き出しそうなほどの羞恥心が湧き上がってきます。

二回も粗相《そそう》をして濡れてしまった秘裂の先端にある突起に、シアン様はためらいもなく口づけます。

薄皮を剥くようにぬるりと舌で押し上げられて、ちろちろと舌先で優しく、剥かれた皮の中にある花の芽が舐《ねぶ》られました。

「あっ、あぁっひ、ひい……っや、ああっ、あ!」

ぴちゃぴちゃとはしたない音を立てて舐《ねぶ》られるたび、体を雷で撃たれ、稲妻が走り回るようでした。

剥き出しの神経を優しく淫らに嬲《なぶ》られるような感覚に、私は為《な》す術なく悲鳴を上げました。

「しあ、さ……っ、シア、ああっ、やあっ、だめです、ひっ、あああっ、あっ、ゃあああん……っ」

すぐに逃げ出したくなるほどの切なさが、暴虐に体を暴れ回りました。

三度目ともなれば、これは快楽なのだと、気持ちいいから私の体はおかしくなっているのだと理解することができます。

けれど、一度目よりも、二度目よりも、今はずっと、激しいのです。

じたじたと跳ねる腰を、もがく足をシアン様は押さえつけて、薄皮の中のはしたない突起をちゅると吸って、舌で転がしました。

素早くつつかれ、下から上へ押し潰すように舐《ねぶ》られると、腰がびくびくと跳ねてしまいます。

お腹の奥が、すごく切ないのです。

きゅうきゅうと体の奥のほうが収縮して、私の中からとろとろと蜜が流れ落ちていくのがわかるのです。

「あっ、ひぁっ、いやです、しあんさま……っ、やっ、ん、ぁああ、あ、ふぁああっ」

ともすれば苦しいぐらいの強すぎる刺激から逃げ出そうと、私はベッドの上で身を捩《よじ》りました。

ぼろぼろ涙が溢れて、はくはくと、多くの酸素を求めるようにして荒い息をつきました。

声を堪えたいと思いましたが、甘い悲鳴が唇から勝手に溢れてしまいます。

シアン様は私の哀れな様子に気づいたのか、一度唇をその場所から離してくださいました。

私の男性を受け入れるための場所の入り口に、シアン様の指が入ってきます。

ぬかるんだその場所は、ごつごつした長い指を簡単に受け入れました。

やや圧迫感を覚えましたが、それだけでした。

内壁を優しく撫《な》でられ、奥にある行き止まりの場所を指先でつつかれると、違和感とともに妙な甘さが体を支配して、私は新しい涙をこぼしました。

「ラティス、痛くは？」

気遣うような言葉と、心配そうな赤い瞳には、私への愛が溢れているようでした。

この場所でシアン様と繋がることができるのかと思うと、子種を頂くことができるのかと思うと、私の胸は喜びに満ちました。

早く欲しいとさえ、思うほどに。

「ないです……大丈夫、です、シアン様……」

「だが、もう少し解さないといけないな。痛い思いはさせたくない」

「あっ、も、もう、そこは……っ、いけません、シアン様、わたし……っ、だめなのです、そこは、ゃう……」

私の中に入っている指を動かしながら、シアン様は再び私の花の芽を口に含みました。

優しく舌で撫《な》でるように舐《ねぶ》りながら、蜜口の奥を掻き回されると、違和感よりも快楽が勝ってしまいます。

もう駄目だと思うのに、私の体はどこまでも高い場所へ押し上げられていくようでした。

「ラティス、どうして駄目なんだ？」

「私、へんになって、しまいます……っ、考えることが、できなくなって……」

「それでいい。俺がそうしている」

「で、でも、ゃ、あああっ、あっ、あぅう……っ」

大きな波に、何度も襲われるようでした。

どうしようもないぐらいに耐え難い排泄感が、お腹の底から湧き上がってきます。

快楽の罪深さを抜きにしても、とても恥ずかしく、人に見られていい姿ではないのに。

「しあんさま、ごめんなさい……っ、ご慈悲を……私、っ、あ、あああ……」

「ラティス。愛している。怖がらなくていい。俺に、委《ゆだ》ねて」

「ひぅ、あああっ、こわい、シアン様、いやぁ……」

「ラティス。気持ちいいと言え。ほら、気持ちいい」

皮膚を通して、シアン様の声が体に染み込んでいくようでした。

これは、怖くないこと。気持ちいいこと。

気持ちいい。気持ちいい。

「気持ちいい、です、シアンさま、気持ちいい、いい、です……っ」

「良い子だ、ラティス。もう、達しそうか？」

「わかりません……きもちい、あ、あっ、噛んだらだめ、ああっ、シアンさま、シアンさまぁ……」

「ラティス。達する時は、イク、と。俺に教えるんだ」

「は、はい……シアンさま、いく、イきます、私、っ、あああっ、いく、いく……ぁあああっ！」

内壁を押し上げる手の動きが激しさを増し、ぐちゅぐちゅと恥ずかしい音が聞こえてきます。

シアン様が私の敏感な場所を吸い上げて、こりこりと甘く噛んで、私は高い声を上げながら達しました。

私の中から迫り上がってくるものが、行き場を失って噴き出してしまったように、透明な液体が激しく溢れて、シアン様の口元を濡らしました。

なんてことをしてしまったのだろうと思ったのですが、私はもうお話しすることも、まともに考えることもできなくて。

陸に打ち上げられた魚のようにベッドの上に体を投げ出したまま、シアン様が口元を舐《な》め取って、やや乱暴にシャツで顔を拭く姿と、熱が灯る肉食獣のような瞳を見つめていました。

慈しむような口づけが、何度も唇に落ちます。

優しいのか、ひどいのか、気持ちいいのか、つらいのか。

わからない、です。けれど、繰り返し唇に触れるだけの口づけをされるのは、優しく撫《な》でられて目尻や頬や耳朶《じだ》にそっとキスをしていただくのは、愛されているようで、甘やかされているようで、とても心地いいのです。

「ラティス、良い子だ。気持ちよかった？」

「……シアン様……」

深く響く声に名前を呼ばれて、多幸感が胸に溢れます。

もう、どうなってもいいと思いました。

私は、シアン様の言葉に従って、シアン様に身を任せていればいいのだと。

そうすれば、なにも怖いものはありません。

優しい言葉で、声で、褒めていただけるのです。

それはとても幸せなことだと感じました。

どんなに恥ずかしいことも、禁忌《きんき》でさえ、受け入れられてしまうような気がしました。

「これは、愛の証……気持ちいいこと、なのですね……」

「あぁ。俺の手で君が快楽に染まる姿は、愛しい」

「シアン様が、喜んでくださるのなら……私、どんな恥ずかしいことも、大丈夫、です」

拘束された腕を動かすと、私の意志が通じたように、腕に巻きついた蔓《つる》が少し撓《たわ》んで僅《わず》かに手を伸ばす余裕ができました。

手首に蔓《つる》を纏《まと》わりつかせながら、力の入らない手でなんとかシアン様の頬に触れると、シアン様は俄《にわ》かに目を見開きました。

それからとても嬉しそうに、愛おしげに目を細めます。

「可愛い、俺のラティス。君の傍《そば》にいれば、まだ幼かった君を傷つけてしまっていただろう。戦場に立った三年、君と離れるのは辛かったが、俺にとっては僥倖《ぎょうこう》だった。君と離れていれば、傷つけることもない」

「……十五の私は、十分大人でした。この国では、十五で嫁ぐことはそう珍しくありません」

「そうだとしても、君の心や体を傷つけるのは本意ではない。俺は君をずっと、手に入れたかった。誰かに取られるよりも先に、俺が。この日をどんなに待っていたことか。ラティス、君は成熟し、俺は行儀よく待つ必要がなくなった」

シアン様が私の耳元で囁《ささや》き、カチャリとベルトを外す音が聞こえました。

私の入り口に、熱く硬いなにかが擦りつけられるのがわかります。布越しではなく、直接皮膚が、粘膜同士が擦り合わさるあまりにも生々しい感覚に、くらくら目眩《めまい》がするようでした。

「愛している、ラティス。俺には君だけだ。ラティス、ラティス……」

「シアン様……っ、あ、ああっ」

つぷりと、私の中になにかが押し入ってくるのがわかります。

それは指よりもずっと大きくて、太くて。硬い、熱杭のようなものでした。

シアン様のお体にそんな場所があって、それが私と繋がっているのが信じられませんでした。

驚きと衝撃で見開いた目から、新しい涙がこぼれます。

強い圧迫感はありましたが、シアン様が十分に私の体に快楽を与えてくださったからでしょうか、痛みはありませんでした。

「ラティス、わかるか？　君の中に俺がいる。もう少し、耐えていろ」

「ふ、ぁ、あ……っ」

膨らんだ先端が私の中に押し入り、やや強引に腰を打ちつけてきました。

なにかが破けるような衝撃とともに、シアン様が私の胎《はら》の底を押し上げるような、私の中に熱い楔が打ち込まれたような感覚に、脳髄が焼けるようでした。

「あっ、あぁ、シアン様、あ、ひ……っ、ぅうう」

「痛くはないか、ラティス」

「しあ、……っ、あぁ、奥に、あなたが……っ、嬉しい、です、しあ、さま、……好き……」

こつんと、最奥にシアン様の昂《たかぶ》りの先端が当たったのがわかります。

それは、すっかり理性の溶けてしまった私にとって、ほんの少しの違和感とそれ以上に胸が震えるような幸せが広がっていくものでした。

まるで体を糖蜜につけられたように、私とシアン様との境目が曖昧になって蕩《とろ》けていくようで。

シアン様と私以外の、このベッドの上の私たち以外の全てが、遠く消えていくような感覚でした。

私は、シアン様が好きです。

シアン様は私の、旦那様で、私を欲してくださった方ですから。

シアン様は私をきつく抱きしめてくださいました。飽きもせずに、何度も唇が重なります。

愛していただいている。大切に、していただいている。

その仕草だけで——それが伝わってくるのです。

何故、王国ではこれを禁忌《きんき》としていたのでしょうか。

こんなにも、胸がいっぱいになるほどに、幸せを感じることができるのに。

「ラティス……あぁ、ラティス。愛している。可愛い俺の妻。もっと、気持ちよくしてやろうな」

「あ、あっ、ひっ……あぁあっ、あ、はげし、しあ……っ、あああぁっ」

こつこつと、私の奥に熱杭の先端が押しつけられました。

それは次第に激しさを増して、私の中を捲り上げるようにして手前まで引き抜き、再び奥まで、ぐじゅぐじゅと音を立てながら穿《うが》ちます。

「シアン様っ、そこ、へんです……あっ、ああっ、だめ、だめ」

「教えただろう、ラティス。気持ちいい。気持ちいいな、ラティス」

「気持ちい、シアン様っ、気持ちいいです、あぁ、ああ、いい、気持ちい……っ」

「良い子だ」

一番奥の肉壁を、がつがつと突き上げられると、どこまでも深く落ちていくような快楽がお腹の奥から体中に広がります。

体が蕩《とろ》けて消えてしまうのではないかというぐらいに気持ちよくて、私はただ、悲鳴を上げることしかできません。

「ああっ、あああっ、あ、あッ……んん、ひ、……ッ、ああっ、ああ」

「ここが好きか。ラティス。ここを突き上げると、君の中は震えて、よく締まる」

「あ、ああっ、しあんさま、気持ちいい、です……っ、ゃあああっ、あ……っ」

ばちゅん、と、肌のぶつかり合う音と、濡れた音、はあはあと荒い息遣いと嬌声《きょうせい》が、部屋に充満しました。

これは、精の匂いなのでしょうか。甘く淫らな香りが鼻腔をついて、さらに体を熱くさせました。

もっととねだるように、私は自然と両足を広げていました。

シアン様に両足を掴まれ、体を畳むようにされると、さらに奥まで熱楔が届きます。

誰にも触れられたことのないお腹の中を掻き回されているようなおそろしさがあります。

同時にとても、気持ちいいのです。頭がおかしくなりそうなほどに。

「ああっ、すき、しあんさま、すき……っ、気持ち、い、です……っ」

「ラティスは物覚えがいいな。本当に良い子だ。愛しているよ、ラティス」

「嬉しい……っ、あっ、ああっ」

「もう達しそうか？　堪える必要はない。何度でもイけ、ラティス」

「あっ、あああっ、いく、イク、いってしまいます、シアン様……っ」

何度も突き上げられて、頭が白く濁《にご》りました。

達する感覚に身を委《ゆだ》ねて、私は大きく体を震わせます。

それでも律動は止まず、霞《かす》みがかった視線の先に、シアン様の背中から大きく広がる蒼炎の翼を見ました。

蒼炎は、優しく私の体を撫《な》でます。

それは私をさらなる高みに導いているようでした。

蒼炎に撫《な》でられた体は甘く熱く蕩《とろ》けて、シアン様に内壁を擦られ、中を突き上げられるたびに感じる快楽が、もっと強く、激しくなっていくようでした。

「ああっ、ゃあああっ、あっ、あっ、シアン様、イく、私、また、イきます、もう……っ」

「あぁ……俺も、君の中で果てたい」

「嬉しい、シアン様……っ、あああっ、くださ、シアン様、しあ、さ……ッ」

「ラティス……！」

私たちの体は、蒼炎に包まれて、シアン様は炎の翼で私を包むようにしながら、私を抱きしめました。

私の奥に、熱い液体が迸《ほとばし》るのがわかります。

深く暗い奈落の底に落ちていくように淫らで暴虐で、甘い眠りに誘われるように心地よくて、私は目を閉じました。

シアン様が愛しげに、私の下腹部に触れるのを感じながら、私は眠りの底へ落ちていったのです。

◇◇◇

完全に意識を失ってしまったのだろう。ゆっくりと深く上下する胸と、閉じた瞼《まぶた》と、長い睫毛《まつげ》に絡まる涙の雫《しずく》、薄く開いた唇を、一つひとつの形をじっくり観察するように眺めて、シアンはラティスの体の中に埋めた己自身を名残惜しく思いながらも引き抜いた。

「あ……ん……」

薄く開いた桜色の唇から、甘えるような声が漏れる。

意識をなくしているのに、シアンの存在を感じてくれているのが愛しく、もう一度その柔らかい場所に己を突き入れて、酷くしたいと思ってしまう。

何回でも、ラティスの中で果てたい。

何時間も、何日もずっと、繋がっていたい。

「……愛している、ラティス」

シアンの背には、未だに蒼炎で形作られた翼がある。それはシアンが幻獣の民である証だ。

シアンの体には、幻獣種の一種である不死鳥の血が流れている。

シアンの父が不死鳥というわけではない。人が幻獣種と番《つが》ったのは過去の話だ。今はそんな人間はいない。幻獣も人と関わることなどほぼない。

過去、幻獣と交わった人々の血の中に混じり込んだ幻獣種の血は強く、脈々と受け継がれている。

だからといって全ての者にその力が現れるわけではない。

幻獣の民であることに誇りを持って血を繋いでいる者たちも存在するが、シアンの生まれた家はそうではなかった。

両親は己の中に幻獣の血が混じっていることなど知らなかったのだろう。

黒い髪と赤い瞳、幻獣の民特有の見目で生まれてきたシアンを見た時、とても驚き、そして怯《おび》えた。

そして、シアンは捨てられた。

「やっと、君に刻めた」

愛しく囁《ささや》きながら、ラティスの臍《へそ》の下、薄い下腹部に浮かび上がった翼の紋様を撫《な》でる。

赤く浮き出たそれは、幻獣種と番《つが》った印である。

ラティスが己のものだと、証明するものだ。

この印がある限り、ラティスはシアン以外の精を受けつけない。

とはいえ誰にもラティスの体に触れさせるつもりはないのだが。

「ラティス、俺の姫。君が俺を救った時からずっと、君が欲しかった。これからはずっと一緒だ」

ラティスの腕を未だ拘束している魔法の蔓《つる》をするりと解いて、シアンはくたりとして動かない、柔らかく頼りない、華奢《きゃしゃ》な体を抱きしめた。

ベッドが乱れているのも、体に残る体液の残滓《ざんし》も気にせずに、ラティスを抱きしめたまま横になり目を伏せる。

どれだけこの日を夢見ただろう。

ラティスは覚えていないだろうが——今よりもずっと、もっと幼かったラティスはシアンを救っている。

あの日から、シアンは己の全てをラティスに捧げた。

騎士団長になったのも、この家も、使用人たちも、全てラティスのためのもの。

シアン一人ならば、使用人などは必要ない。広い家も、地位も名誉も必要ない。

けれどラティスを手に入れるために、それは全て必要なことだった。

「……君を失わずに済んでよかった。やはり、念には念を入れておくべきなのだろうな」

隣国の者たちが王家の馬車を襲ってくれたのは、素晴らしい偶然だった。

シアンにとって、ただの兵など子供と同じだ。同じ幻獣の民であればそうもいかないが、百程度の兵なら一人でなんとでもなる。

もちろんシアンも完璧ではないので、物量にものを言わせて攻め立てられたら、体力が尽きてしまうこともあるだろうが。

王を守った褒賞としてラティスが手に入るとは思っていなかった。

本当はもっとそれは先になるはずだった。

騎士団長として武勲《ぶくん》を立てて認められ、地位も名声も金も手に入れ王の信頼を勝ち取れば、ラティスを手に入れることができるだろうと考えていた。

けれど、なんでもくれてやろうと言われてしまえば、シアンの欲しいものなど一つしかない。

無垢《むく》な十五の少女を傷つけるつもりはなかった。

けれどラティスを前にすれば、己の理性など簡単に砕けてしまうとシアンはわかっていた。

だから、三年。

屋敷には守護の魔法をかけてラティスの気配をいつでも探れるようにし、使用人たちにはラティスを外に出さないように命じて、戦場に身を投じた。

帰ってこようとすればできないこともなかったが、シアンは元々幻獣の民として蔑《さげす》まれていたので、軍内においては沈着冷静にして真面目で、人一倍働くことを心がけていた。

帰りたいという素振りを見せることも、疑われるような行動を取ることも、一度たりともなかった。

「このままずっと、君と共に眠っていたい。……だが、そういうわけにもいかないか。待っていてくれ、俺の姫」

しばらく陶酔《とうすい》したようにラティスの体を抱きしめて目を閉じていたシアンは、頭を切り替えるようにそう呟いた。

ラティスの行為の跡が残る体を、青い炎が舐《な》める。

体も髪も清められて、ベッドも綺麗に整った。乱れた服の代わりに、新しい上質な寝衣を身に纏《まと》い、ラティスはとても心地よさそうに眠りについている。

シアンは口づけを優しくその額に落とすと、ベッドから立ち上がった。

面倒だが、やっておかなくてはいけないことがある。

ラティスの眠る部屋から出ると、シアンは外側から鍵をかけた。

廊下を歩くシアンの体に蒼炎が絡みつき、乱れた髪や服を全て美しく整えた。

部屋から出たシアンのもとへ、音もなく侍女と執事が現れる。

「シアン様、ラティス様の件、申し訳ありませんでした」

深々と頭を下げるのは、ラティスのことを任せていた侍女のアルセダだ。

アルセダに続いて、シアン不在時の家のことを任せている執事のヨアセムが口を開く。

「シアン様の浮気相手を名乗る女の登場でラティス様が深く傷ついていたため、家の者たち皆でラティス様の動向に気を配っていたのですが、まさか家から一人でお出になるとは思わず」

「いや、問題ない。ラティスは無事だ。俺が連れ戻した。……それよりも、捕らえた女は？」

「地下牢にいます」

「仕事が早いな」

「ラティス様を家から出してしまうという失態を犯しましたから。必死でした」

「シアン様、ラティス様は……」

地下牢へ向かうシアンの背中に、アルセダが声をかける。

「部屋で眠っている。紋を刻んだ。しばらくは目覚めないだろう」

「まぁ……それは、おめでとうございます……！」

アルセダは溢れる喜びを隠しきれないような声音で言った。

「ラティスのことは全て俺が行う。アルセダたちを責めているわけではない。紋を刻んだからな、不死鳥の本能が抑えられない。落ち着くまでは、俺の好きなようにさせてほしい」

「それはもちろんです。ただ、お掃除やお洗濯、お食事の支度はさせていただいても？」

「あぁ、頼んだ」

もう一度深々と礼をして去っていくアルセダを一瞥《いちべつ》すると、シアンは再びヨアセムと共に足を進めた。

アルセダとヨアセムは双子の姉弟で、かつてシアンが孤児だった頃に知り合った者たちである。

二人は幻獣の民ではないが、貧困が理由で親に捨てられたそうだ。

彼ら孤児は生きることに必死で、幻獣の民に対する拒否感が豊かな者たちほど大きくない。

そのため、シアンが地位と金を手に入れてから彼らを雇いたいと求めると、働く場所もなく行き場をなくしていた彼らは喜んでそれを受け入れた。

礼儀作法や文字や、一般教養、常識を教えるために三年ほど学校に通わせて、元々物覚えがよかったのだろう、今では出自も全くわからないほどに、立ち居振る舞いも洗練されている。

それに、幼い頃から泥水を啜《すす》るような生活をしていたせいか、悪意に敏感である。

裏稼業についていたこともあるのだろう。人間にしては、腕が立つ。

おそらくは、この屋敷に訪れた『シアンの浮気相手』の不自然さに気づいたのか、シアンが命じるまでもなく、ヨアセムは女を捕らえて地下牢に入れた。

ラティスの行動に目が届かなかったのは、女を捜していたからなのだろう。

おかげで、ラティスが出ていく原因となった女を捜しに行く手間が省けた。シアンはラティスの気配はわかるが、顔も名前も知らない女を捜しあてることはできない。

屋敷の奥にある鍵のかかった扉を、ヨアセムが鍵束から鍵を取り出して開いた。

一見書斎のような部屋の本棚を動かすと、もう一枚扉が現れる。

扉を開いたその先には、地下への階段が続いている。

この屋敷に地下牢があるのは、シアンの趣味ではない。

現在のウェルゼリア家は、シアンが建てたのではなく、購入したものだ。

元々は貴族の邸宅だったらしい。没落して売りに出されてから何十年もの間購入者がおらず、捨て置かれていたものだ。

不死鳥の血が混じるシアンは魔力が強く、浄化の炎は特に得意な魔法の一つ。

古びて薄汚かった屋敷を炎で清めてまわっていると、地下牢の存在に気づいた。

何に使っていたかは知らないが、騎士団やら憲兵やらならいざ知らず、貴族が地下牢を使う理由など、あまり良いものではない。

光の届かない地下を、シアンの蒼炎が照らした。

鉄格子のはめられた牢獄に、女が蹲《うずくま》っている。

知らない女だ。

シアンにとってはラティス以外の女など、ただの女という記号を持つ誰かでしかないため、覚えていないだけかもしれないが。

「生きているか、女」

ヨアセムが尋ねる。

床に蹲《うずくま》っていた女は、緩慢《かんまん》な仕草で頭を上げた。

「ある程度痛めつけましたが、なにが目的だったのかなど、一切吐いておりません。強情なことです」

「そうか。……どうせ、誰かに雇われた、程度の理由だろう。お前の雇い主の名を吐けば、解放することができるかもしれない」

「……シアン様、お会いしたかった！　あんなに私を愛してくださったのに、なにも知らないふりをするのですか？」

女は目に涙を溜めて、体を捩《よじ》らせて甘えるような声音で言った。

怒りを通り越して呆れてしまう。嘘などとっくにバレているのに、なんのためにそのようなことを口にするのか、シアンには理解できなかった。

「……女。俺は、人を生かしたままその体を焼くのが得意だ。死ぬこともできずに体を焼かれ続けるのは、死んだほうがマシだと思えるほどの苦しみらしい。味わってみたいか？」

「どうしてそのようなひどいことを言うのですか、あの夜を、忘れてしまったのですか？」

「痛めつければ正気に戻るか？」

こんな目に遭えば、訓練された兵士でもなければ恐怖に震えるものである。

けれどその女はそんな様子もなく、本気でシアンを恋人だと思い込んでいるようにも見える。

そうしなければいけない理由がなにかあるのだろうか。

それとも本当に正気を失っているのだろうか。

「まぁいい。手短に済ませたい」

シアンの足元から、蒼炎が女の座る床までを舐《な》めるように伸びた。

炎が女の体に纏《まと》わりついて、その体を焼く。

本物の炎とは違い、不死鳥の炎は命を奪わず、ただ苦痛のみを与え続けることができる。

本物の炎に巻かれればものの数分で人は死ぬが、シアンの炎では死は許されない。

「っ、いや、やめて、痛い、苦しい……！」

炎に焼かれながら、女は床の上を転げ回った。

「あぁ、でも、どうせ姫は助からない……っ、家から出ていったのでしょう、私は時間を稼いだ、もう手遅れだわ……！」

「……哀れな。ラティス様はいらっしゃいますよ。シアン様がすぐに連れ戻しました、ご無事です」

嘆息するヨアセムの言葉に、女は愕然《がくぜん》とした表情で目を見開いた。

「そんなわけがない……国境から街まで、そんなに早く帰ってこられるはずがない……知らせを聞いて魔法を使ったところで、間に合わなかったはず……！」

女は炎の中で「それじゃあ私はなんのために⁉」と、金切り声を上げた。

「助けて、お願いです、全部話します、お願いです……！」

限界を迎えたのか、それとももう無駄だと悟ったのか、這《は》いつくばりながら助けを乞う女の様子を眺めて、シアンは蒼炎をかき消した。

女を苦しめて喜ぶような趣味はない。

ラティスは無事だった。女の行動に腹が立たないわけではなかったが、おそらくは雇われているだけの小者だ。

いたぶったところで、何になるわけでもない。

「全て話せ。悪いようにはしない」

淡々とそう口にするシアンの足元に、牢獄の中で女は頭を擦りつけるようにして再び蹲《うずくま》った。

しばらく嗚咽《おえつ》が響いた後、聞き取りにくい言葉が聞こえてくる。

「……私、は……街の、娼婦です。……クルガン様に雇われて……ラティス様を、外に出すために嘘をつきました。私……子供がいて……言うことを聞けば、子供を良い学校に入れてくれるって、約束をしてくれて……」

「クルガンか」

「はい……私の子供は、幻獣の民として生まれてしまって……娼婦の子供で、幻獣の民じゃ、未来がないから……だから……！」

「わかった。お前と子供については、俺が保護しよう。お前のためではない。……俺の心優しい姫が、もしお前の事情を知れば悲しむだろう。それだけの理由だ」

「……っ、あ、ありがとうございます……！」

女の啜《すす》り泣く声が、地下牢に響く。

話を終え、ヨアセムに「後はお前が面倒を見ろ」と告げると、「丸投げじゃねぇか」と、以前の話し方に戻ったヨアセムが呆れたように肩をすくめた。

◇◇◇

——体がとてもふわふわしています。

なんだかぽかぽか暖かくて、とても安心できる、幸せな気持ちです。

私は薄く目を開きました。どうやら眠っていたようです。

こんなに心地よい目覚めはいつぶりだろうというぐらい、幸せな目覚めでした。

私は——

「あ……」

ひどく淫らな記憶が思い出されて、私は頬を染めました。

私はシアン様と罪深いことを——いえ、そうではありません。

シアン様に、愛していただいたのです。

恥ずかしいけれど、幸せな記憶です。あんなに熱心に誰かから求められたのは初めてです。

目覚めたばかりで覚束なかった世界が鮮明になっていきます。

私はすっかり清められたベッドの上にいるようです。

体も綺麗になっていて、繊細な白いドレスを着ていました。まるで婚姻の儀式で着るようなドレスです。

ベッドはたくさんの薔薇《ばら》の花弁で飾りつけられています。

甘くてとても良い香りがしました。

「……おはよう、ラティス。愛しの姫。気分は？」

「シアン様……」

ベッドサイドにいつの間にかシアン様が座っていらっしゃいました。

私に手を伸ばして、頬を撫《な》でてくださいます。

ひやりとした手のひらが、甘い記憶のせいで火照《ほて》った頬に心地よく、つい擦りつけるようにしてしまいます。

一体今は何時なのでしょう。

部屋は明るく、窓からは柔らかな日差しが降り注いでいます。

昨日は、落ち着いてシアン様を見つめることなどできませんでしたから、改めて明るい日差しの中に佇《たたず》むシアン様の姿を目にすると、その美しさに見惚《みと》れてしまいそうになります。

夜空のような黒髪は三年前よりも伸びて、顔や首にしどけなくかかる姿には、色香が感じられます。

暖炉に燃える暖かな炎のような瞳は、とろりと蕩《とろ》けそうなほどに優しく、愛しげに私を見つめています。

白いシャツにループタイ。銀の留め金にはターコイズが埋められています。

お洋服をきっちり着込んだシアン様は昨日の淫靡《いんび》な雰囲気など幻だったかのように、美しく神聖ささえ感じられました。

「起きられるか？　少しなにか飲もう」

「はい……」

優しく手を差し伸べて、シアン様は私を起こしてくださいます。

私の体の上にも散っていた花びらがひらりと落ちました。

赤い花弁は床にも一面に、絨毯《じゅうたん》のように広がっているようでした。

テーブルには水差しや、高杯に盛られた果物や菓子、花が生けられた花瓶。香炉や、ランプ。

全て質のいい、豪華な調度品で部屋が整えられていました。

「ラティス、口を開け」

部屋に漂う濃密な花の香りに、頭がぼんやりします。

低く落ち着いた声で命じられて、体を重ねている最中のことが想起されます。

シアン様の言葉に従い、全てを委《ゆだ》ねる心地よさを、私の体はもう覚えてしまっているようでした。

どうしてか、下腹部が少し切ないような気がしました。

「ん……」

グラスが私の唇に触れて、ミントの香りのする紅茶が私の舌や喉を潤します。

喉が渇いていたのでしょう。一口飲むともっと欲しくなり、私はねだるようにシアン様を見つめました。

シアン様は私の濡れた唇を指先で優しく拭って、もう一度グラスを口につけてくださいます。

口に溢れた紅茶が口角からこぼれて、首筋やドレスを濡らしました。

「ごめん、なさ……っ」

口からなにかをこぼすなんて、ありえないことです。

狼狽《ろうばい》しながら謝ると、シアン様はグラスをことりとテーブルに置いて、こぼれた水滴に唇を這《は》わせました。

「シアン様……いけません、汚い、です……」

「ラティス、拒否をする必要はない。君は俺のもの。君の体に俺が刻まれ、俺のものになった。元より逃がすつもりなどなかったが……君はもう、俺から逃げられない」

「……旦那様から逃げる必要など、どうしてあるのでしょうか。私、シアン様に愛していただいて……とても、嬉しいです」

シアン様の唇が濡れた首筋を舐《な》めて、私の唇に深く重なります。

すぐに入り込んできた舌が、私の舌に絡まりました。

チャリ、と、なにかが鳴る音が聞こえました。

それがなにかわからないまま、私は深い口づけに翻弄《ほんろう》されました。

「ん、ん……っ、しあ、さ……っ、は、ん……っ」

「ラティス、可愛いな、ラティス……」

「ふぁ、う……っ」

くちゅりと絡まる舌に、ぬるぬると喉の奥まで舐《な》められて、私は体を震わせました。

シアン様の舌は、唇は、混じり合う唾液は甘く、口づけだけでまた、昨日のおかしくなりそうなほどの快楽の気配を感じてしまうのです。

お腹の底が、じんわりと熱くなりました。

今はもう拘束されていませんが、逃げようとは思えませんでした。

「可愛い顔だ、俺の……花嫁。愛しているよ」

「はい……」

長い口づけから解放されて、私は浅い息をつきながら小さく返事をしました。

私の首には首輪が嵌《は》められて、鎖が伸びていることにようやく気づきましたが、私にはそれさえ、ひどく甘い愛の証のように感じられました。

私の首から伸びる鎖は、ベッドの足へと繋がっています。

普通の鎖とはどうやら違うようでした。金属の質感はあるのですが、とても軽くて、体にぶつかっても痛みはありません。

見た目は無機質な鉄のように見えるのですが、ひやりとした冷たさも、金属の特有な匂いもしません。

私の見る限りでは、連結部分も錠なども見当たらず、一体どうやって嵌《は》めたのだろうと不思議に思う作りになっていました。

「シアン様……あの、私の首に……」

鎖で繋がれていることに触れていいのかわからず、けれど気づかないふりもできず、私はおずおずとシアン様に尋ねました。

「あぁ、それは俺の魔力で作り出した拘束具だ。痛くはないか？」

「痛くはないですけれど……どうして？」

シアン様は視線を向けられただけで体が蕩《とろ》けてしまいそうになるほど甘い瞳で私を見つめながら、特になにも気にした様子もなくいつもの日常の延長のように言いました。

おそろしさはありません。拘束は嫌ではないのです。

けれど、理由を知りたく思いました。

一度、シアン様のもとから逃げ出そうとしましたから、私がまた逃げるのではと疑っているかもしれません。

それは仕方ないことだとは思いますが、けれど――昨日、あれほど愛してくださいました。

だから、シアン様がもし私を疑っているのだとしたら、少しだけ悲しくなる気もしました。

「君が俺のもとから逃げ出さないように」

「シアン様、私はもう、逃げたりはしません」

「けれど、俺は君を不安にさせた。君を傷つけないためだったというのは言い訳だ。俺は君に愛を伝えるべきだった。言葉でも態度でも、俺の全てで」

シアン様は私の首から繋がる鎖を手にして、軽く引きました。

首に食い込む首輪の痛みこそないのですが、首が前に引かれる感じはあります。

引かれるままにシアン様の腕の中に倒れ込む私を、シアン様は抱きしめてくださいました。

それから、肌触りのいいドレスのような寝衣に包まれた私の背を、ゆっくりと撫《な》でました。

こめかみに唇が触れます。シアン様の触れてくださった皮膚から、体が蕩《とろ》けてしまうようでした。

「愛している、ラティス。君を失いたくない。……だから、君を拘束することを許してくれるか？」

「……私……全ては、シアン様のお心のままに。……逃げることを決めた罰であり、あなたからの愛の証だと思えば、私は……喜んで、受け入れます」

「ラティス、本当はこのまま抱き潰してしまいたい。だが、先になにか食べようか。食べられそうか？」

「はい。シアン様も、一緒に？」

「あぁ」

拘束は、構わないのです。ですが、一人部屋に残されることに寂しさを感じました。

急に、不安になってしまいます。

きっとそれぐらい、私はシアン様のご不在の日々が寂しかったのでしょう。

甘えてもいいと思える今は、もっと、もっと、際限なく、甘えたくなってしまいます。

シアン様は嬉しそうに目を細めると、私の唇や頬を優しく撫《な》でました。

「少し待っていてくれるか、ラティス」

「……ん。はい」

柔らかい口づけをもう一度していただきました。

私の世界はシアン様でいっぱいになりました。ベッドに散らばる薔薇《ばら》の花弁のように、私の心もまた、華やかな赤い薔薇《ばら》で埋め尽くされたのです。

一度部屋から出ていったシアン様は、あたたかそうなスープの入った深皿を持って、私のもとへ戻ってきてくださいました。

寝室から続くリビングルームのテーブルに皿を置くと、私をベッドから抱き上げてくださいます。

拘束の鎖を外すことはしませんでしたが、魔法の鎖だからでしょうか、私の移動に追従するようにして、まるで生き物のように宙に浮かんでスルスルと伸びていきます。圧迫感も痛みもありません。

「部屋の中は、自由に移動できる程度の長さにしてある。だが、部屋からは出ることはできない。首輪を外すことも」

「はい……」

「怖いか？」

「……怖くない、です」

怖くないのは本当ですが、ほんの少し緊張していました。

それは期待、なのかもしれません。

胸が、ずっとドキドキしています。シアン様といると、息が苦しくて。

心臓がずっと、うるさいぐらいに高鳴ってしまうのです。

「食事を済ませたら、湯浴みをしようか。いつもは侍女たちがいただろうが、今日からは俺が君のことは全て行う」

「……シアン様が？」

「あぁ」

「そんな、申し訳ないです、私、迷惑はかけられません」

私は、お城ではあまり立場のよくない末姫とはいえ、姫として育てられてきましたから、着替えも湯浴みも、自分ですることはありませんでした。

ウェルゼリア家に来ても、私が不自由することのないように侍女の方々が気を配ってくれたので、全て、お任せをしてしまっていました。

それが、今は恥ずべきことのように感じられます。

そんな私が一人で家を出て、どうするつもりだったのかと――自責と羞恥心でいっぱいになって、私はうつむきました。

「ごめんなさい。……私、シアン様の妻になりましたのに、あなたの妻としてふさわしい振る舞いを、今もまだ覚えていません。……ずっと、甘えていました」

「謝る必要はない。君はそのままでいい」

優しく言われると、全てが許される気がしました。

シアン様は私を抱き上げたまま椅子に座って、用意してくださった蜂蜜の味がする甘い紅茶を飲ませてくださいました。

小さく切ったお野菜のたくさん入ったスープを、シアン様は私に慎重に食べさせてくださいます。

私はシアン様に抱き上げていただきながら、スプーンを口元に差し出されるたびに口を開きます。

私は、お食事は一人でもできるのですが、初夜を終えた朝の今は、とても甘やかされているようで、幸せでした。

スープを半分と、イチゴを一粒食べて、もうお腹がいっぱいだと伝えました。

あまりたくさん食べることができるわけではないのですが、今日はいつも以上になんだか胸がいっぱいで、食事が喉を通らないようでした。

「ラティス、君は普段からあまり食べないようだが、食事が口に合わないのか?」

「違います。そういうわけではないのです。スープ、とても美味《おい》しかったです」

いつものスープの味でした。

扉の外には、使用人の方々がいるのでしょう。

そう思うと、安心することができます。

「私は、シアン様よりも小柄ですから、食事の量も少ないのだと思います」

「ならばいいが、なにかあれば言ってくれ」

「ありがとうございます」

食後の紅茶も、シアン様が飲ませてくださいました。

私はなにもせず、ただ口を開けばいいだけで、まるで巣の中で餌付《えづ》けを待つ雛鳥《ひなどり》になった気分でした。

ずっと、恥ずかしさは感じているのですが、シアン様のなさることを受け入れるのは正しいことと、私はすっかり信じるようになっていました。

快楽は悪ではないと、それは愛の行為なのだと教えていただいて、私の心も体も、私の全てが、シアン様に従順になっていくようでした。

食事を終えると、シアン様は私を浴室へ運びました。

お屋敷には、一階に大きなお風呂が一つと、それよりも小さなお風呂が、このお部屋から扉を挟んだ場所にあります。

侍女の方々にお世話をしていただく時は、一階の大きなお風呂に入っていましたが、シアン様は小さなお風呂に私を連れていってくださいました。

脱衣所の椅子に私を座らせて、シアン様はご自分の服をお脱ぎになりました。

朝の光の中で見るシアン様の姿は神々しく、浮き出た腹筋や、硬そうな胸板は私にはないものです。

思わず見惚《みと》れてしまい、私は内心動揺しながら、立派な体躯《たいく》から目を逸らしました。

男性の裸体を熱心に見つめるなど、はしたないことですから。

「シアン様、あ、あの、駄目です。恥ずかしい、です……」

私の服も、あっけなく脱がされてしまいます。

下着を身につけていなかったことに、ようやく気づきました。一枚脱ぐとすぐに生まれたままの姿になってしまいます。

首輪も、いつの間にか消えていました。湯浴みの時は、外してくださるのかもしれません。

私は露《あら》わになった胸を隠しました。ふと視線を落とすと、私の下腹には鳥の翼のような紋様が浮かんでいます。

「ラティス、君のことは全て俺が行うと言った。羞恥に頬を染める君も愛らしいな」

「シアン様……あの、私、体に……」

「それは君が俺のものである証。さぁ、いこうか」

シアン様は私を再び抱き上げ、浴室に入りました。

一人用よりやや大きい猫足の白い浴槽には、並々とお湯が張ってあり、ベッドと同じく薔薇《ばら》の花弁が浮かんでいます。

甘くて良い香りがしました。

シアン様は私を抱き上げたまま、浴槽に入ります。

後ろから抱きしめられるかたちで、私はお湯の中に沈みました。

恥ずかしいですが、気持ちいいです。

少し温めのお湯が、体にじわりと染み込んでいくようでした。

シアン様の指が、私の下腹部の紋様を掠《かす》めました。

「ひぅ……っ」

その時、驚くほどの刺激が体に走り、私は小さく声を上げました。

これは、なんなのでしょうか。

ただ、手が少し触れただけなのに。

「シアン様……っ」

「怖がらなくていい。この刻印は、俺の魔力に反応する。俺以外の人間を拒絶するものだ。俺が触れると、ラティスは心地よくなれるが、俺以外が無理に触れようとすると、その者には激しい苦痛がもたらされる」

「私……シアン様以外に、触れられることなどしません」

「良い子だ。ラティス、可憐で美しい俺の花。今日も君を愛しているよ」

シアン様は私の髪を分けて、頸《くび》に口づけます。

無骨な指先が、私の胸を掬《すく》い上げました。

シアン様の大きな両手に包まれて、胸がその手に沿うように、手の中で形を変えていきます。

「シアン様……いけません、触っては……っ、赤ちゃんの、ための場所、です……」

もっと言えば、貴族や王族は自分の胸で子供を育てるなどはしませんから、飾りのようなものです。

「昨日は、こちらはあまり可愛がってやれなかった。ラティス、ここも可愛いな」

シアン様の指先が、私の両方の胸の突起の周囲を、くるくると円を描くように撫《な》でました。

お腹の奥が切ないような、苦しいような感じがします。

「あっ、……くぅ、ん」

「可愛い。まるで、子猫のようだ」

「っ、だめ、あ、あ……っ」

くるくると、何度も滑るように指で弄《いじ》られると、胸の飾りが触れられてもいないのにぷっくりと膨れました。

じんじんと痺《しび》れるような快楽の芽が、育ちはじめているのがわかりました。

シアン様の指先が、私の膨らんだ胸の突起を掠《かす》めます。

そのたびに、逃げ出したくなるようなじくじくとした刺激が体を襲いました。

私の首の後ろをかりっと噛んだ歯が、甘噛みを幾度か続けながら、首の後ろから項《うなじ》、耳までを登っていきます。

そうしながらシアン様の大きな手のひらは、私のさして大きくもない胸を包むようにして揉《も》んだり、膨らんだ突起を指先で爪弾いたりしました。

「ぁう、う……」

「ラティス、痛くは？」

「ない、です……」

「気持ちいい？」

「ざわざわして、変な感じがします……」

「キス、は？」

「してほしい、です、シアンさま……」

こんなに近くにいて、体に触れていただいているのに、キスは、もっとずっと、特別なことのように感じられました。

背後から私を抱きしめているシアン様の顔を見上げると、覆いかぶさるようにして唇が重なります。

すぐに唇を割って入ってきた舌が、私の舌と絡まりました。

舌を絡めるキスを、私は覚えることができました。

頭の奥底でこれは禁忌《きんき》だと、幼い頃から教育されてきた凝り固まった思考回路が拒絶を訴えているのですが、私はそんな理性なんてすぐに蕩《とろ》けてしまうことをもう知っています。

シアン様の与えてくださるものが、私の全てだと、愛されることは幸せだと、私の知る世界が塗り替えられていくようでした。

こんなことを浴室でしているなんて——男性と共に湯浴みをするなんて淫らなこと、お城の兄姉たちに知られたらと思うとおそろしさを感じましたが、でも今は二人きりです。

知られたりはしないでしょう。お城では、誰も私に興味など持っていなかったのですから。

「ん、んぅ……ん……」

舌を絡ませながら、胸の突起をかりかりとひっかかれると、触れられているのは胸なのに、シアン様に刻んでいただいた下腹部の紋様が、その奥が、切なく疼《うず》くようでした。

ぬるぬると舌を擦り合わせると、もっと唇が深く重なります。

粘膜が溶けて一つになってしまったような切なさと心地よさに、私はシアン様の腕をぎゅっと掴みました。

私は今、お湯の中にいるのですが、掴まっていないと溺《おぼ》れてしまうような気さえしました。

あのふわふわとして覚束ない感覚が、私をまた、襲うのです。

「あ、あふ、ぁあああ……しあ、さま、胸、いやです……へん、です、そこ、へん、です……」

「どう、変なんだ？　俺に教えて」

ちゅ、と、音を立てて私から唇を離すと、シアン様は私の耳元で囁《ささや》きました。

低い声が鼓膜を揺らして、それだけで体の奥がきゅんと甘く疼《うず》くようでした。

「わからない、です……ぞわぞわ、して……体が、あつくて、っ、ああ、あ」

シアン様は私の体を、浴槽の中でくるりと反転させて向きを変えました。

お湯が揺れて、浴槽から溢れます。薔薇《ばら》の花弁が溢れていきました。

けれどそれは本物の花弁ではないようで、洗い場のタイルの床に落ちると、甘い香りを弾けさせながら消えていきます。

その香りを吸い込むと、体がいっそう熱くなり、頭がくらくらしました。

私に刻まれた刻印が、香りに反応をしているようでした。

シアン様は私の胸の飾りを口に含みました。赤子はそうしてミルクを飲むのだと私は習っていましたから、シアン様は赤子ではないのに、とても奇妙な感じがしました。

大きくて立派な男性なのに、小さな私の胸に顔を埋めているのが、可愛らしくさえあります。

けれど、可愛らしく思っている暇などないほどの刺激が、私を襲いました。

「あっ、ひ、ぁああっ、しあ、さま、むね、すったらや、です……っ、だめ、だめ……っ」

私の視界に、濡れた鴉《からす》の羽のような美しい黒い髪が映ります。

舌先でちろちろと弾かれるように舐《な》められて、飴玉のように転がされると、指で触れていただいていた時よりもずっとはっきり、快楽を感じました。

体が痺《しび》れるような、けれどどこか物足りないような刺激が、胸の先端と、触れられていない胎《はら》の奥をきゅんきゅんと切なくさせました。

「ううう……っ、ゃ、あああっ、あん……っ、あ、ふぁ……っ」

「ラティス、嫌ではないだろう。俺は、君に教えたはずだ」

「シアンさま、ごめんなさい……っ、気持ち、い、むね、気持ちいです……」

咎《とが》めるように言われて、私の頭の中は悲しさでいっぱいになりました。

怒られると悲しいのです。

けれど、良い子だと褒められるのは、とても嬉しいことでした。

私は、たくさん褒めていただきたい。良い子だと言って、可愛がっていただきたい。

ぼんやりと霞《かす》みがかった頭は、もうそれだけしか考えることができませんでした。

「良い子だ、ラティス。もっと欲しい？」

「はい、ください……っ、あっ、ああっ、私を、気持ちよくして、くださいませ、旦那様……っ」

「そんな誘い方、どこで覚えてきた？」

シアン様は少し乱暴に、私の片方の胸を揉《も》みしだき、もう片方の頂に噛みつきます。

強い痛みに涙がこぼれました。

これは、ひどいことではないのかしらと思いました。

けれど、すぐに舌で包み込むように優しく吸われると、頭の中がちかちかするほどの快楽が脳髄から体の奥に走り抜けていきました。

「あっ、あっ、しあ、さま……っ、ああっ、むね、だめだめ、いくの、いく、私、いってしまいます、あ、あああっ」

頭が真っ白になって、全身に緊張が走りました。

達する衝撃は、奥を貫かれた時よりは激しくはないのに、何度も、甘く達してしまっているようでした。

シアン様はくたりと力の抜けた私の体を、丁寧に抱きしめてくださいます。

「上手にいけて良い子だ。よく頑張ったな、ラティス。愛しているよ。可愛い姿を見せてくれて、ありがとう」

「……シアン様」

気持ちいいことをしてくださる時のシアン様は少し、強引で支配的な様子がありますが、終わってしまうととっても甘く、優しいのです。

私ははらりと涙をこぼしました。

頑張ったと、良い子だと褒められるのは、なによりも嬉しいことでした。

きっとこれからもっと、淫らなことをしていただける。

私の胸は、期待に震えました。

もっと褒めていただける。愛していただける。嬉しい。

そう、思っていたのに、シアン様はそれ以上なにもせずに、私の髪と体を丁寧に洗って、まるで宝物のように優しく抱き上げてお湯に浸かり、それから私を湯上がりのガウンに包むと、髪を魔法を使って乾かしてくださいました。

私は、優しくしていただいて嬉しいはずなのに、ほんの少しの物足りなさを感じていました。

シアン様はまるで手慣れた侍女のようにとても丁寧に、私に下着を身につけさせてくださり、春の花のような薄桃色のドレスを着せてくださいました。

私は無骨な指先がとても器用にリボンを留めたり、ボタンをかけてくださる様子をただ眺めていました。

シアン様は私を抱き上げると、お部屋に戻ります。

お部屋に戻ると、私の首にするすると蔓《つる》が伸びてきて、それは首輪の形になりました。

首輪と、それから鎖が、湯浴みを行う前と同じように私の首にあります。

シアン様はそんな私を、愛しげに見つめました。

「ラティス、昨日は、破瓜の痛みもあり疲れただろう。まだ昼間だが、今日はゆっくり休むといい」

「はい……」

「不安そうな顔をしなくても大丈夫だ。この部屋には、俺以外誰も足を踏み入れることはない」

「……シアン様。昨日は、申し訳ありませんでした。私……シアン様のことを、信じて待つことができなくて」

昨日は、きちんと謝ることができませんでしたから。

ベッドに座らせていただいた私は、ようやく謝罪の言葉を口にすることができました。

私が、堂々としていれば、シアン様の妻であることに自信を持っていれば、シアン様を傷つけることなどなかったのです。

見ず知らずの女性の言葉に惑い、使用人の方々の言葉を聞かず、シアン様の愛を疑い、逃げようと思ってしまった私に罪があります。

シアン様は私の足元に跪《ひざまず》くと、恭《うやうや》しく私の足を持ち上げました。

足先にシアン様の唇が触れます。

そこは、不浄の場所です。いくら湯浴みを済ませたとはいえ――

「だめです、シアン様……汚い場所に、触れては」

「君の体に汚い場所などないと言ったはずだ。ラティス、君が俺のもとにいる。それだけで、俺には十分だ。だが……」

足の指を、丁寧に舌が這《は》います。

踝《くるぶし》を噛んで、足首に軽く歯を立てて、脹脛《ふくらはぎ》に口づけられました。

ドレスの裾を持ち上げられて、強引に足を開かされます。

シアン様の体が私の両足の間に埋まるのを、私はただ、見ていました。

時が止まってしまったかのように、動くことができません。

本当は恥ずかしくて逃げ出したいのに、見ていられなくて視線を逸らしたいのに、それをすることがどうしてもできないのです。

心臓が、痛いぐらいに脈打っています。

浴室での行為にどこか物足りなさを感じていた私は、これから与えられる刺激の予感に、切なく眉を寄せました。

「あ、ん……」

内腿に、シアン様の唇が触れました。

「っ、あ……っ」

少し痛みが走るぐらいに、強く吸われます。

柔らかい肉を食《は》んで、その後優しく舐《ねぶ》られると、体の奥が炎を灯した蜜蝋のように蕩《とろ》けていくようでした。

「ふ、ぁ、あ……」

ちゅ、ちゅ、と、音を立てて、たっぷり大腿を味わった後、シアン様はそっと私から離れて、優しく私の頬を撫《な》でました。

軽く、触れるだけの口づけが落ちます。

期待していた刺激が与えられないままの私は、瞳を涙に濡らしながら、哀願するようにシアン様を見上げました。

涙に潤んだ視界に、シアン様の綺麗な顔が映ります。

「ラティス。すぐに戻るが、それまで待っていてくれるか？　このままでは苦しいだろうから、気持ちよくなろうか。……大丈夫、全て俺の魔力でできているものだ。俺が触れるのと、同じ」

昨日と同じように、私の両手は不自由に、蔓《つる》で縛られました。

両手を一まとめにされて、頭の上で拘束されます。

するりと、目に布がかけられました。それもシアン様の魔力でできているのでしょうか。

視界が黒く塗り潰されて、目を開いてもなにも見えなくなります。

まるで、真っ暗な闇の中に、一人取り残されてしまったようでした。

「シアン様……っ、暗いの、怖い、です……」

どうしてか、名前を呼んでも返事がありません。

手を伸ばそうにも、両手は拘束されてしまいました。

シアン様の気配を探ろうとしましたが、私が身じろぐと衣擦れの音はするものの、シアン様が動く音は聞こえないのです。

一人きりに、なったのでしょうか。

真っ暗闇で、一人きり。

身動きも、取れないで。

「……ごめんなさい、シアン様、まだ、怒ってらっしゃるのですよね……ごめんなさい……っ」

私は、シアン様の愛を疑ったのですから。

罰を与えられるのは当然のことです。

婚姻とは、永遠の愛の誓いだというのに。

「シアン様、シアン様……っ」

じわりと、涙が溢れました。

さっきまではとても、幸せだったのに。愛される喜びを知ったばかりだったのに。

唐突に、谷底に突き落とされたようでした。

シアン様に嫌われたくない。愛していただきたい。私には、シアン様しかいないのです。

「ごめんなさい、もう、逃げません……シアン様……っ」

不意に、ぬるりとしたものが私の体に這《は》い上がってくるのを感じました。

それはひやりと冷たいなにかでした。

そのなにかは、私の大腿を這《は》い、腹部を這《は》い、ドレスの隙間から肌の上へ滑り込んできます。

「やっ、なに、嫌……っ、怖い……っ」

あぁ、でも。

全ては、シアン様の魔力でできていると、おっしゃっていました。

ひやりとしたぬめるものから、甘い気配を感じます。

それは、シアン様の魔力、なのでしょうか。

私の下腹部の羽の紋様が、甘く疼《うず》きました。まるで、もっと触れてほしいとでもいうように、気づけば淫らに腰が揺れていました。

下着の隙間から入り込んできたぬめるものが、私の秘部にある気持ちいい突起を包み込むようにして吸いつきました。

「あぁああ……っ、ゃ、あああっ」

途端に、激しい快楽が私の体を襲います。

シアン様に舐《ねぶ》られた時と同じような、痺《しび》れるような快感が、私の足先まで走り抜けました。

私は、これが長い責苦のはじまりになるのだと、心のどこかで気づいていました。


目を開いても閉じても、暗闇が広がるばかりです。

両腕を拘束された私は、ベッドの上でまるで羽をもがれた蝶のように、じたじたと体を動かしました。

そうしないと、這《は》い回るなにかのせいで、おかしくなってしまいそうなのです。

それがなんなのか、私には見ることができません。

けれど、それは水菓子のようにはりがあり柔らかく、ぷるんとしているようでした。

それは私の腕に巻きついた蔓《つる》に似ていました。

けれど蔓《つる》よりも柔らかく、自由に形を変えることができるようでした。

そのなにかの、ブラシ状になった先端が、私の胸の先端や、昨日シアン様に教えていただいた、私の秘所にある淫らで気持ちのいいところを、ざりざりと強弱をつけながら擦るのです。

そのなにかからは、とろりとした粘液のようなものが分泌されているようでした。

粘液のせいで摩擦《まさつ》の痛みはなくなり、ちゅぶちゅぶと音を立てながら吸いつかれると、脳髄が痺《しび》れるようでした。

「あっ、ああっ、はぁう……っ、あっ、ゃだ、いやぁ……っ」

強制的に与えられる快楽が、高められる体が、怖いのです。

暗闇の中で、わけもわからないままたくさんのなにかに、誰かに、襲われているかのようでした。

シアン様ではないなにかが私に触れることが怖くて、瞼《まぶた》を閉じると目尻から涙がこぼれて、目隠しの布を濡らしました。

衣擦れの音と、与えられる刺激、クチュクチュという水音だけが、私の全てになってしまったかのようでした。

「や、ああっ、だめ、だめです、そこ、だめ……っ」

なにかが、私の体に絡みついて、下腹部にあるシアン様に刻んでいただいた印に触れているようでした。

そこを撫《な》でられただけで、全身が炎に炙《あぶ》られたかのように熱くなります。

まるで、シアン様に私の奥を、太く硬い熱杭で突き上げられているようでした。

そんなことはないのに、そんな錯覚をしてしまうほどに、気持ちよくて怖いのです。

「いやっ、ゃあああ……っ、ゃめ、も、もうわたし、だめです、だめなの、しあんさま……っ、しあんさまっ」

　気持ちのいいところを、こりこりとたくさんの粒状の突起で食《は》まれ、ぐりぐりと押し込まれると、私の体は無理やり高みへ押し上げられていくようでした。

「ゃああっ、いく、いく、いやぁっ、こわいの、しあんさま、たすけて……っ、いく、ああ、イク……っ」

　強引な絶頂に身を任せそうになった時でした。

　嘘のように、そのなにかは私の体から離れていってしまったのです。

　高めるだけ高められた体の熱をどうすることもできないまま、私は腰を揺らしました。

　物欲しげに腰を揺らして、快楽を得ようと膝頭を擦りつけます。

　もう少しで、達することができたのに。

　それは切なく苦しく、辛いことでした。

「つ、ゃだ、ぁ……っ、いやぁ……っ」

　拒絶や拒否の言葉のはずなのに、甘えるような物欲しげな響きを帯びてしまいます。

　怖いのに、嫌なのに、もっと触ってほしいと思いそうになってしまうのです。

　けれど同時に、なにかわからないものが離れてくれて、安堵《あんど》してもいました。

　そのなにかはシアン様の魔力でできていて、シアン様の一部のようなものなのでしょうが、見えないせいで余計におそろしいのです。

　私は熱を逃がそうと、はあはあと息をしながら、体をベッドに委《ゆだ》ねていました。

ふと不安になってしまいます。

私はこの部屋に本当に一人なのでしょうか。

誰かにこんな姿が見られていたら――

「きゃ、ああっ、また、やぁああぅ、あっ、ひ、あ……っ」

熱が引きそうになったところで、再び私の体になにかが絡みつきました。

敏感になっている胸の突起や、秘所の小さな芽を再び食べられ、グジュグジュと、達しない程度の緩やかさで刺激されます。

「あっ、あっ、ああっ、いや、いやぁ……っ、あああっ、あっ、あぅ……」

私は、足の指でシーツを蹴って、腰を揺らめかせました。

それは、私が達しそうになる寸前にするりと離れては、また吸いつくことを繰り返しました。

私の体の熱は溜まる一方で、解放を許されない快楽はまるで拷問のようでした。

体には汗が滴り、呑み込みきれない唾液が口角を流れ落ちます。

気持ちいいのに苦しくて、気持ちいいのに怖くて、私は体を動かすこともままならず、啜《すす》り泣きのような声を上げ続けました。

「あっ、ひ……っ、あ、ぁああ、ごめんなさい、ごめ、なさ、しあんさま、いきたい、いきたい……っ、イきたいです……っ」

離れていこうとするぬるりとしたなにかに、私は腰を浮かせて擦りつけていました。

どれぐらいの時が経ったのかはわかりませんが、私はもう限界でした。

頭の中が、達したい、イきたい、と。それだけでいっぱいになっています。

強く吸ってもらえたら、どんなに気持ちいいでしょう。

シアン様に抱きしめていただきたい。あの熱いもので、私の奥を激しく突いていただきたい。

もっと、気持ちよくなりたい。

「しあんさま、しあんさま、ほしい、ほしいの……っ、いきたいっ、もお、お願いです……っ」

ここにシアン様はいないのに、私はシアン様の名前を呼びながら、すんすん泣きました。

頭がおかしくなりそうでした。

いえ、もう、おかしくなっているのかもしれません。

シアン様の声が聞きたい。

良い子だと、褒めていただきたいのです。

達するぎりぎりまで高められては、決定的な刺激が与えられない生殺しの状態が続くのは、とても苦しいことでした。

「っ、ひぅ、あ、あぁぁっ、やだ、お願い、ごめんなさい……っ、もぉ、だめ、だめだから……っ」

意味のない言葉が唇からこぼれます。

欲しいとひくつく秘所が震えて、蜜をこぼしてショーツや太腿をぐっしょり濡らしています。

違和感があるばかりだった胸も、今は触れられると、秘所にある突起と同じぐらいに、どうしようもないぐらい気持ちいいのです。

私の体が、作り替えられていくようでした。

「しあんさま……っ」

泣きじゃくりながら名前を呼ぶと、突然真っ暗だった景色が明るくなりました。

シアン様が、私のすぐ傍《そば》に座っていています。私を愛おしそうに見つめて、軽く口づけてくださいました。

「あ……っ」

私には、シアン様が救いの神のように思えたのです。

「っ、シアン様っ、しあんさま……っ」

「用が終わったから戻った。ただいま、ラティス」

「シアン様……っ、怖かったの、私……っ、シアン様……っ」

「よく頑張ったな、ラティス。良い子だ」

「シアン様……」

「焦らされて、辛かっただろう。イっていい。ラティス、イけ」

シアン様の指先が、私のショーツの中で膨れている秘所の突起をぐりっと押し潰しました。

「あ、あ、ああっ、イク、イきます、しあんさまっ、ひあ、あああっ」

秘所から透明な液体が噴き出して、私は深い絶頂を迎えることができました。

苦しくて怖かったのに、そんなことはもうどうでもよくなってしまうぐらいに、気持ちよくて。

シアン様に触れていただけることが、幸せでした。

体中が痺《しび》れるような快楽が、足先から頭のてっぺんまでを突き抜けて、体の痙攣《けいれん》が治まりません。

「あっ、ああっ、……ん、ぁ、ああ……ひぅ、あっ」

「ラティス、気持ちいい？」

「ぁ、ああ、しあ、……あぁ、あ、は……っ、ぅう」

唾液と涙でぐちゃぐちゃな私の顔を、シアン様は愛おしそうに撫《な》でてくださいます。

震える体を包み込むようにして抱きしめられると、止まらない快楽と安心感で胸がいっぱいになりました。

「あぁ、こんなに濡らして。潮が止まらないな、ラティス。我慢ができて良い子だったな」

がくがくと腰が揺れて、弾けるような快楽に満たされた秘所から、排泄感が込み上げてきて、透明な液体が何度も何度も溢れて、シーツをぐっしょりと濡らしました。

抱きしめられると、シアン様の体から甘い香りがします。

シアン様の衣服が、その下にある硬い体が私の体に擦れるのが切なくて、私は触れられてもいないのに何度も小刻みに達しながら、新しい涙をぼろぼろとこぼしました。

「しあ、さ……っ、こわい……とまらな、い……っ、きもちいいのが、終わらないの……っ」

「可愛い。怖くない、大丈夫だ。俺がここにいる、君の傍《そば》に」

「シアン、さ、ま、しあんさま……っ、シアン様……っ」

「ラティス。可愛い、俺のラティス。愛している」

「シアンさま……っ」

あぁ、欲しいのです。

ずっと、気持ちいいのに。

それなのに、もっと欲しいと思ってしまうのです。

もっと、欲しい。シアン様が欲しい。

体の奥で、シアン様を感じたいのです。

「しあ、さ……っ、私……っ」

「欲しい？」

「ごめんなさい……っ、私、はしたなくて、罪深い、です……」

「ここには、俺とラティスしかいないと言っただろう。誰も君を咎《とが》めたりしない。だから、教えて？」

甘く優しく囁《ささや》かれると、体が蕩《とろ》けていくようでした。

私は正しいのだと、これは正しいことで、シアン様に身を任せればもっと愛していただけるのだと思えてくるのです。

「私……欲しい、です……シアンさま、欲しい……っ、どうか、私にご慈悲を……」

「ラティス。えらいな、良い子だ」

シアン様の指が、私の下腹部の紋様を撫《な》でました。

蜜口がひくついて、中に逞《たくま》しいものを入れてほしいとねだっているかのようでした。

シアン様に自分の体を擦りつけながらぽろぽろ泣く私に、シアン様は優しく口づけてくださいます。

――幸せです。

こんなに愛していただけて、幸せ。

私には、シアン様しかいないのです。こんなに恥ずかしい姿を、罪深い姿を見せることができるのは、シアン様だけです。

「ラティス、愛している」

「しあ……っ、あ、あああっ、ひ、ぅっ……ぁ、ぁあああ……っ！」

足を大きく開かされて、熱くて硬いものが私の奥を貫きました。

内壁が熱杭に擦られる感覚が、奥を硬いもので突き上げられる感覚が、私の体をいっぱいに満たします。

私の柔らかい肉が、歓喜に震えています。

ぎゅっと締めつけようとする内壁を抉《えぐ》るように抜き差しが始まって、突き上げられるたびに、全身におかしくなるぐらいの快楽が走りました。

「あっ、ああっ、シア、さまっ、あああっ、い、いい、気持ちい、あぁ、おくっ、や……っ」

「ここが、好きか」

「好き、すきぃ……っ、しあ、さま、すき……っ、あぁあっ、あっ、あっ、あああっ、やら、だめっ、そこ、やぁ……っ」

ぐちぐちと中を押し上げられながら、シアン様の大きな手が私の下腹部に触れました。

下腹部を撫《な》でられて、親指の腹で膨れた突起をぐりぐりと押し潰されます。

頭が変になるぐらいに気持ちよくて、壊れてしまうようでした。

「あっ、ああっ、だめ……っ、いく、いく、わたし、もお……っ」

「何度でもイッていい。我慢した分、何度も。大丈夫、俺が見ている」

「ぅん、シアン様、好き、好き、です、好きぃ……っ」

「愛している、ラティス。……イけ」

ぐじゅぐじゅと、シアン様の熱いものが激しく私を突き上げ、それから私の片足を掴んで持ち上げます。

肉がぶつかる音がするぐらいに、奥深くまで抉《えぐ》られて、目の奥に火花が散るようでした。

「いく、いく……っ、あぁっ、またっ……っ、あぁああっ、ゃっ、らめ、あぁ、ああも、いく、いってるの、や、あああ……っ！」

「いい、だろう。ラティス。まだ、教え足りないのか？」

「ごめんなさ……っ、いいの、きもち、い、きもちいいよぉ……っ」

シアン様はひくつく内壁を強引に押し開くようにして一番手前まで引き抜いては、柔らかい場所を残酷なぐらい強く押し上げました。

閉じることさえできない私の唇に自分のそれを重ねると、激しく舌を絡めてくださいます。

頭の奥がじんじんして、なにも考えられません。

呼吸も苦しくて、けれど同時に、全身を舌で舐《ねぶ》られているかのように気持ちいいのです。

「ん、んぅう、あふ、あ……」

ちゅるりと舌を吸われて、甘噛みされると、それだけで私はまた達しました。

もう、幾度絶頂を迎えているのかわかりません。

ずっと、高いところに押し上げられたまま、戻ってこられなくなるようでした。

このままなにも考えられなくなったらどうしようと、一瞬不安が胸をよぎります。

けれど、それでもいいと思いました。

なにもわからなくなってずっと、シアン様の腕の中にいられたら私は幸せです。

「あ、ああっ、だめ、ぁっ、ふかい……っ、ゃあああっ」

私が幾度も絶頂を迎えても、シアン様の熱杭は私の中でさらに熱を持ち、大きくなっているようでした。

シアン様は私の最奥を激しく穿《うが》ち、それから一度引き抜くと、私をうつ伏せに寝かせました。

臀部を高く持ち上げられる、とても恥ずかしい格好をさせられます。

いつもの私ならとても耐えられないぐらいに恥ずかしいことなのに、今はもうなにも考えられなくて、好きなようにされるばかりです。

呼吸をすることぐらいしか、私にできることはありませんでした。

後ろから、私の中に再び熱いものが入ってきます。

角度が変わったからでしょうか、先ほども気持ちよかったのに、さらに追い打ちをかけるようにして、おかしくなりそうなほどの快楽が、私の体を駆け巡りました。

中を突き上げられるたびに、お腹の奥が痺《しび》れて、あつくて。

私ではないものが、シアン様が、お腹の奥に、触れていて。

内臓を持ち上げられるほどに強く穿《うが》たれると、私はもう、だめになってしまいそうでした。

「あっ、あああっ、おく、あたって……しあん、さま、っも、だめ、……壊れちゃ……っ」

「壊れていい、ラティス。君のことは全て、俺が行ってやろう。君は、俺の腕の中で、可憐な小鳥のように囀《さえず》っていればいい」

「うれし……い、あっ、ああっ、うれしい、です、シアンさまぁ……っ、好き、あぁっ、すき……っ」

それなら、寂しさも不安もなくなります。

私はずっと、こうして、可愛がっていただきたい。

私は、幸せでした。気持ちよくて、幸せ。

「ああっ、あああっ、ぜんぶ、したら……っ、やあああっ、いっちゃう、いく、また……っ、あああっ」

大きな手で乳房を掴まれて、胸の飾りをこりこりと嬲《なぶ》られます。

同時に、腰を掴んでいた指先が、秘所の突起をかりかりと刺激して、ずちゅずちゅと濡れた音を立てながら、激しく内壁を擦りながら奥を穿《うが》ちます。

啜《すす》り泣きのような声を上げていた私の声が、悲鳴じみたものに変わっていきました。

「いく、シアンさまぁ……っ、いく、いきます……っ」

「あぁ。俺も……っ」

背筋を弓形にして、高いところからどこか深く暗い場所に墜落《ついらく》するような絶頂を迎える私の中に、シアン様の熱いものが注がれるのがわかります。

熱くて、気持ちいい。

私のお腹の中が、シアン様のもので満たされていきます。

「あ……は……っ」

「まだ足りないだろう、ラティス。明日の朝まで、こうしていよう。俺の形に、君の可愛い場所が変わるぐらいに、犯してやろうな」

「あ、あ、あああっ、……ゃあ、あ、っ、あ……！」

激しい抜き差しに、立派なベッドが嵐に見舞われた船のように揺れました。

再び始まった律動に、私の中のものが掻き回されて溢れ出る感覚に、私は泣きじゃくることしかできませんでした。

◇◇◇

シアンから女の処遇を丸投げされたヨアセムは、急いで姉であるアルセダを呼びに行った。

女をどうするべきか、悩んだからだ。一人で悩むよりは、半身のような双子の姉に相談をしたほうが手っ取り早い。

ヨアセムとアルセダは、貧乏な家に生まれた。

二人が物心つく頃に、父は仕事中に貴族の馬車に撥《は》ねられて死に、母は新しい男を家に連れ込むようになった。

母は新しい男と結婚したかったのだろう。

そもそも金がなかったし、新しい男は二人を邪険にしていた。

そして母は、二人を連れて散歩に出かけた。

賑《にぎ》やかな市場で二人に初めての菓子を買い与えると、少し待っているように伝えていなくなった。

二人は母に買ってもらったアーモンド入りのドラジェを大切に一粒ずつ食べながら、母の帰りを待っていた。

けれど日が落ちて、市場から人がいなくなっても母は帰ってこなかった。

市場から家に帰る道など、二人にはわからない。

夜の闇のおそろしさに身を寄せ合い、身に馴染んだ空腹に腹をさすりながら、街の片隅で泣きながら一晩を明かした。

ようやく朝日がのぼりはじめると、二人は「お母さんは、私たちの居場所がわからなくなったのかもしれない」「きっと、捜してくれている」と話し合って、手を繋ぎながらなんとか自宅へ帰ろうと、街を歩き回った。

記憶を辿り、必死に歩き、見慣れた風景と、見慣れた家まで辿りついた時——そこにはもう母はいなかった。

新しく住んでいた見知らぬ住人に、薄汚れた子供め、消え失せろと言われて、箒《ほうき》で追い払われた。

それからだ。二人が街で、孤児として生きはじめたのは。

幼い子供が二人きりで生きるには、街はとても冷酷だった。

孤児として生きる子供たちが生き延びる確率は、野良猫が一年生き延びる確率よりもずっと低い。

ゴミを漁り、食べ物を盗み、寝る場所を探して街をひたすらにさまよった。

大人に救いを求める瞳は、大人を敵として威嚇《いかく》するものに変わり、信じられるのはお互いだけ。

それでもヨアセムとアルセダは二人だったから、他の孤児よりは救われていた。

寒い夜も、抱き合って眠れば少しは寒さを凌《しの》げる。盗みだって、一人よりも二人のほうが効率がいい。

信じられる者がいるだけ、二人はまだ幸せだった。

けれど——アルセダは女だ。

孤児の女は、男よりも危険な目に遭う確率が高い。

いつものように、誰もいない路地裏で身を寄せ合って眠っていると、数人の大人たちがやってきた。

そして、アルセダの腕を掴み、連れていこうとした。

ヨアセムは戦ったが、蹴り飛ばされて殴られて、地面に這《は》いつくばって、悲鳴を上げるアルセダをただ見ていることしかできなかった。

己の無力を呪った。

未だ無力な子供の自分が憎かった。

大切な姉さえ守れないのかと。

「……死ね」

そこに、小さく声が響いた。

地面に蹲《うずくま》りながらヨアセムが見たのは、神様の姿だった。

その神様はアルセダを掴む男たちに青い炎を纏《まと》わりつかせて、一瞬で消し炭にしてしまった。

黒く爛《ただ》れた死体はすぐに炭になり、薄汚い男たちは骨も残さず塵《ちり》となった。

男たちを塵《ちり》にしたのは、ヨアセムやアルセダとそう歳が変わらない少年である。

少年の背中からは青い炎の翼が広がっていた。

青い炎に照らされた少年は、この世のものとは思えないほどに美しかった。

それが、二人とシアンとの出会いだった。

シアンも二人と同じ孤児だったが、同じ孤児たちには一目置かれる存在で、幻獣種と呼ばれるものの血が体に流れており、人には使えない力を使うことができた。

シアンはあまり喋らない。なにを考えているのかよくわからないところがあった。

だが、近づいてくるものを拒絶することがなく、おそろしい炎で攻撃をするようなこともなかった。

シアンが炎を使うのは、理不尽な暴力に晒《さら》されそうになった時だけだ。

ヨアセムとアルセダは、シアンのもとへ身を寄せることにした。

やがて成長し自分の身を自分で守れる程度になると――シアンは唐突に「欲しいものができた。

騎士になる」と言って、二人の前から姿を消したのである。

そうして数年。

相変わらず盗みや、裏稼業に手を染めて生きてきたヨアセムとアルセダのもとに、すっかり立派になったシアンが戻ってきた。

なにをどうしたのかは知らないが、シアンはグラウクス騎士団に所属していて、かなりの地位にまで登り詰めたのだという。

シアンに「行き場がないなら俺の部下になるか」と問われたので、二人は二つ返事で了承した。

シアンは命の恩人である。断る理由はない。

シアンは騎士団で稼いだ金を使って、二人に学ぶ機会を与えてくれた。

それからしばらくして騎士団長になったシアンは、ラティスという姫を連れて家に帰ってきた。

孤児であり、幻獣の民であるシアンと、王国の姫君が婚姻を結ぶなんてありえないとヨアセムは思っていたし、ラティスはさぞ嫌がっているのではないかと予想をしていた。

だが、そんなことはなかった。ラティスは心優しく穏やかな少女だった。

結婚してすぐに戦場に向かってしまったシアンのことを純粋に案じていたし、早く会いたいと願う健気で愛らしい少女で、ヨアセムやアルセダにも優しかった。

高慢さがまるでない、むしろ素朴で穏やかなラティスを、二人は大切にしていた。

シアンの大切な姫君である。

二人にとっても守るべき存在であったし、ラティスの人柄を知ってしまえば、その気持ちはいっそう強くなった。

アルセダはラティスが来てからは甲斐甲斐しく世話をして、楽しそうに料理をして、ラティスが美味《おい》しいと喜ぶと、その日は一日機嫌がよかった。

ヨアセムも姉の上機嫌が嬉しくて、それからラティスに気さくに「ヨアセムさん」と呼ばれるのも好きだった。

二人にとって、初めての穏やかな暮らしだ。

だから、その穏やかな暮らしを壊そうとした、牢獄の中の女は、ヨアセムにとっては憎むべき敵である。

殺してしまえばいいのにと思う。

けれど、それはどうやらラティスが悲しむことらしい。

だからシアンに女の処遇を任されて、困り果ててしまったのだ。

そして助けを求めた姉もまた、困り果てているようだった。

第二章　繋がる心

あれからどれぐらい経ったのでしょうか。

いつの間にか私は気を失っていて、時間と日にちの感覚もないまま目覚めました。

官能の檻《おり》に閉じ込められたように終わらない快楽に包まれて、シアン様にひたすら縋《すが》りついて泣きじゃくっていたところまでは覚えています。

はしたないことを何度も言って、罪深い姿をさらけ出しました。

けれど今は――それを苦しいとは思いません。

シアン様は私を愛してくださっている。

だから、あのようなことをなさるのだと――私の心は、それをとても嬉しく思っているのです。

「ラティス、おはよう。俺の姫」

目覚めると私の体は綺麗に清められていて、ふわりとして着心地のいい、白い寝衣を着ていました。

ベッドは花で飾りつけられていて、美しく整えられています。

私に声をかけてくださったシアン様が私の隣に寝そべって、私の髪や頬を撫《な》でています。

シアン様のやや長い黒髪が、頬や肩に落ちています。

逞《たくま》しい体が窓から注ぐ日差しに照らされて、白く輝いているようでした。

シアン様が幻獣の民だからでしょうか、それとも、シアン様だからそう思うのでしょうか。

魔性とも感じるぐらいの美しさに、私は感嘆の溜息をついて、それから目覚めに声をかけていただいたのが嬉しくて、小さく微笑みました。

「シアン様、おはようございます」

「あぁ。おはよう。目覚めた時に、君の寝顔を見ることができるというのは、幸せなことだな」

「は、はい、私も同じです……」

「君が俺に微笑んでくれることが、嬉しい。……ラティス、無理をさせた。すまなかった」

「……い、いえ、大丈夫です。私、途中で気を失ってしまって……」

シアン様の指が私の頬や、首筋を辿ります。

私はふるりと身を震わせながら、触れられる羞恥に頬を染めました。

あれほど淫らな姿を見せてしまったというのに、少し触れられるだけで恥ずかしいのです。

優しく微笑んでいただけるだけで、胸が高鳴ります。

これが、恋なのでしょうか。愛しいという気持ちなのでしょうか。

私にはシアン様しかいない、シアン様さえいてくだされればそれでいいと——その声を聞いて、触れていただくと、まるでシアン様の美しい炎の翼に包まれているように安心できるのです。

「シアン様……その、申し訳ありません」

「何故謝る必要が？」

「途中で、気を失ってしまいましたから、シアン様は足りなかったのではないかと、思って」

「足りない？　あぁ、快楽の話か」

シアン様は私の唇を指で辿りました。

それから、優しく唇を触れ合わせてくださいます。

何度かそうして離れては触れることを繰り返して、それから舌を絡ませてくださいました。

私が物欲しそうに、唇を開いてしまったからでしょう。

それとも、こういう時は唇を開いて受け入れるということを、体が覚えているようでした。

「ん……ン、ふ、ぁう……」

くちゅりと絡まる舌の感触が、体に痺《しび》れを走らせます。

切なく眉を寄せてシアン様の腕に手を這《は》わせると、その腕の太さや硬さを感じて、体が熱く火照《ほて》りました。

私――朝から、口づけだけでこんなに、なってしまって。

「ん、ん……ぁ、あ、ふぁ……」

軽く舌を食《は》まれると、それだけでぞくぞくしたものが下腹部から走って、私は体をくねらせました。

涙が目尻に溜まって、はらりとこぼれ落ちます。

「シアンさま……っ、うれしい」

口づけが気持ちよくて幸せで、唇が離れると、私は思わずそう呟いていました。

「愛らしいな、ラティス。君は俺を気遣う必要はない。十分、俺は好きなようにしている」

「でも」

「むしろ、酷くしてしまってすまなかったと思っている。……君に、俺のものだという証を刻んだ。これを刻むと、幻獣の血の本能が強く出てしまう」

「本能？」

「あぁ。不死鳥種の場合は——君を巣の中に閉じ込めて、孕《はら》むまで愛したいという欲だ。だから、繋いだ」

シアン様はそう言って、私の首や腕を撫《な》でました。

撫《な》でたあと、丁寧に唇を落とします。味わうように舌が皮膚を辿って、私は甘い吐息を漏らしました。

腕の拘束は、もうありませんでした。

首輪ももうありません。

私は自由になったことを、少し寂しいと感じました。

「体は、痛くは？　どこか辛いところはないだろうか」

「シアン様……私、幸せでした。……あなたを失うのだと、私はいらないのだと思っていましたから、求めていただいて……嬉しかったのです」

「ラティス……」

「シアン様、私、あなたを好きでいていいのですか？　あなたの妻でいられますか？」

「あぁ、当然だ。……なにがあっても離さない。ずっと欲しかったんだ。君が、ずっと」

シアン様は、私を腕の中に閉じ込めるようにして抱きしめてくださいました。

それから目尻に口づけると、困ったように眉を寄せます。

「朝も夜も、君の中に入っていたいと思ってしまう。君と繋がっていたい。君を泣かせて、ぐちゃぐちゃにして、俺のものだと感じていたい」

「私は……それでもいいです。シアン様のしてくださることなら全部、好きですから」

「……あぁ。だが、……それでは君を、壊してしまう。可愛がりすぎて、脆弱《ぜいじゃく》な小鳥を握り潰してしまうのと同じだ。頭では理解しているのだが、ここ数日、歯止めがきかなかった」

「……っ、はい」

熱のこもった言葉や視線に、体の奥が開かれて、犯されているような感覚が私を満たしました。

私はとっくに、壊れているのだと思いました。

シアン様の愛で私の心も体も作り替えられてしまったのだと。

でもそれが、たまらなく幸せだと思えるのです。


シアン様は、お部屋から出る許可を与えてくださいました。

アルセダさんがすぐに私のもとへやってきて「ラティス様、おめでとうございます。シアン様と結ばれたのですね」と、優しく言ってくれます。

それから、私を浴室に連れていって、丁寧に湯浴みをさせてくれました。

アルセダさんは綺麗で、とても優しい人です。

ウェルゼリア家に来てから、ずっと私の世話をしてくれています。

私にとっては、お城にいる本当の家族よりもずっと、姉のような存在でした。

「アルセダさん、私、シアン様に証を刻んでいただきました。……こういったことは、初めてなのでよくわからないのですが、シアン様に、証に触れていただくと、とても変な感じがするのです」

「ええ、そうでしょう。幻獣の民は、自分のものだという証を相手に刻むのです。幻獣の民の持つ魔力に体が反応して、獣でいう発情のような症状が体に現れるのですよ。これは、幻獣の民と番《つが》った証であり、他の誰も受け入れない守護でもあります」

「はつじょう……？」

「はい。強い催淫効果のようなものですね。相手が欲しいと強く思うのです。心も、体も」

「私……変になってしまったわけではないでしょうか。……快楽は罪です。それなのに、シアン様が欲しいと思ってしまうのです」

「罪などと、そんなことはありませんよ。確かに王国の教義では、そうなっていると思いますが、それを守っている人など、ほんの一握りです。娼館があり、娼婦がいて、浮気をする男も女もいるのですから」

アルセダさんに優しく諭《さと》すように言われて、私は頷《うなず》きました。

確かに、そうなのかもしれません。

ハロルドお兄様には、正妃様を含めて奥様が四人います。

妻を失った年嵩《としかさ》の公爵へ後妻として嫁いだグレースお姉様は、宰相閣下と浮気をしています。

どちらも、咎《とが》められることはありません。

「……私、不安になってしまって。シアン様と二人きりの時、私はとても、恥ずかしい姿を見せてしまいました。不埒《ふらち》で罪深い女だと、呆れられて、嫌われてしまったらどうしようと、思って」

「シアン様がラティス様を嫌うことなど、あるはずがありません。シアン様はなにを考えているのかよくわからないところがありますが、ラティス様への愛情は本物ですから」

「ありがとうございます、アルセダさん。アルセダさんが一緒にいてくれて、よかったです。こんなこと、誰にも相談することはできませんから」

「ラティス様。私のほうこそ、私のような卑賤《ひせん》の者に声をかけていただいて、感謝しております」

アルセダさんは、穏やかな声音で言いました。それは自分を卑下《ひげ》する言葉でした。

「アルセダさん……そんなことを、言わないでください。私だって、……お城の中では、立場なんてこれっぽっちも、なかったのです。ただ王族に生まれたというだけで、なんの価値もありませんでした」

私はアルセダさんの過去を知りません。

シアン様と古くからの知り合いだということぐらいしか、知らないのです。

シアン様の過去も——ヨアセムさんとアルセダさんは、皆、孤児だったと言っていました。

孤児だったシアン様はいつの間にか騎士になっていて、驚いたと。

私はお城の中で何一つ不自由なく育ちました。

だから、そんな話を聞くと申し訳ない気持ちになります。同時に、自分の力で立場を手に入れたシアン様や、誰にも頼らずに生きてきたヨアセムさんとアルセダさんを、尊敬しています。

それは、私にはできないことですから。

私はお城の中で、誰の役にも立たずに過ごしてきました。だから――

「シアン様が私を欲しいとおっしゃってくださって、私は初めて、自分に価値が生まれたような気がしたのです。戸惑いましたが、嬉しかった。……アルセダさんは、私よりもずっと、立派だと思います。辛い思いをたくさんしたと思うのに、私に優しくしてくれますから」

「……ラティス様。……末長く、お傍《そば》においてください。私は、ラティス様に声をかけていただくたびに、自分を誇りに思えるのです」

アルセダさんは、言葉を詰まらせながら言いました。

私にそれほどの価値があるとは思えません。支えていただいているのは、私のほうなのです。

それでも――そう思っていただけるのは、ありがたいことでした。

「ありがとうございます、アルセダさん」

「いえ。申し訳ありません。少し、感情的になってしまいました」

恥ずかしそうに笑うアルセダさんは、とても美しく見えました。

私はアルセダさんのことをもっと知りたいと感じました。

今なら、聞いてもいいような気がしています。今までの私は、あまり相手に踏み込むようなことができませんでした。

なにをどこまで尋ねたら、相手は不快ではないのか。そういう判断が、難しいのです。

お城では従者はいましたが、友人はいませんでした。家族も――家族というには冷ややかな関係でしたから、人と関わることが少なかったのです。

「アルセダさんには、好きな人はいないのですか？」

「私には、ヨアセムがいますから。ずっと二人で生きてきました。他の誰かを好きになるなど、考えたことがありませんでした」

「シアン様のことは……」

つい、口からこぼれるようにして、尋ねてしまいました。

昔から一緒にいたのなら、恋をすることがあったかもしれません。

私はアルセダさんを傷つけているのではと、不安になったのです。

「シアン様は、私たち双子にとっては兄であり、神様みたいなものです。孤児だった時代、大人たちの暴力に晒《さら》されそうになっていた私たちは、シアン様に救われました。シアン様がいなかったら、きっと私たちは無事ではいられなかったでしょう」

浴槽のお湯の中で、私の髪を梳《す》きながら、アルセダさんは懐かしそうに言いました。

「ですから、シアン様の大切なラティス様は、私たちにとっても宝物。……本当は、あの女など……消してしまいたいぐらいなのです」

「女性、ですか……？」

「はい。シアン様の浮気相手を騙《かた》った女です」

「……シアン様は誤解だと。私もそれは、理解しています。けれど、でしたらなにか事情があったのではないでしょうか。そうしなくてはいけなかった事情が。シアン・ウェルゼリア様を怒らせることは、千人の兵を敵に回すようなものだと……皆、知っているでしょう？」

私は、オランジットという名の女性を思い出しました。

どうして嘘をついたのでしょうか。

お金が欲しいだけだったら、もっと他にやりようがあったのではと思います。

私を家から追い出したとしても、シアン様がお戻りになれば、すぐに嘘だとわかってしまうのに。

「そうですね、ラティス様。……きちんと事情を説明したほうがいいのでしょう。お会いになられますか、ラティス様。女は、あなたに謝りたいと言っています」

「あの女性が、いるのですか？」

「はい。ヨアセムが捕まえて、シアン様が事情を聞き出しました」

「私に謝罪をしたいと言ってくれている人を、拒絶する理由はありません」

私は頷《うなず》きました。

私はあの方を恨《うら》んでいません。悲しくはありましたが、その結果、シアン様が私を連れ戻して、深く愛してくださったのですから。

事情があるのなら、聞きたいと思ったのです。

ヨアセムさんと、アルセダさん。そして、シアン様と私。

私がお部屋から外に出られるようになって数日後、お屋敷の応接間に集まった私たちの前で——床に、オランジットと名乗っていた女性が蹲《うずくま》るようにして、頭を下げました。

シアン様と共にソファに座っていた私は慌てて立ち上がり、女性に頭を上げてもらおうとしました。

女性の傍《そば》には、可愛らしい男の子がいます。

男の子は黒い髪に赤い目をしています。それは、幻獣の民の証でした。

髪色と目の色は似ていますが、シアン様とは顔立ちが違います。

けれど、誤解が解ける前にその子を見ていたら、私はきっとシアン様とその女性の子供だと、思い込んでしまったことでしょう。

幻獣の民とはそれぐらいに珍しいのです。

といっても、幻獣の民から幻獣の民が必ず生まれるというわけではないので、冷静になって考えることができる今は、その子はシアン様の子ではないとすぐにわかるのですが。

「ラティス。謝罪は、礼儀の一つだ。けじめのようなもの。助け起こす必要はない」

「ですが……」

女性を助け起こそうとした私を、シアン様が止めました。

私の手を引いて、私の体を抱き寄せるようにします。

シアン様に触れられると、体からくたりと力が抜けてしまいます。

あれから何度も愛していただきましたから、すっかり体はシアン様の甘さを覚えていて、ただ触れられるだけでもまともに立っていられなくなってしまうこともありました。

「その通りです。私は、罪を犯しました。申し訳ありません！」

「お母さんが、ごめんなさい」

女性の後に、少年も頭を下げました。

まだ、十歳にも満たないでしょうか。古めかしい服を着ていて、爪の中が黒く汚れています。

苦労をしているのだと一目でわかる姿をしていました。

「顔を上げてください。それから、お名前を教えていただけますか？」

私が言うと、女性は顔を上げました。

隣に立っている少年を引き寄せて、もう一度深く頭を下げてから、口を開きました。

「私は、オランジット。以前お伝えした名前は、偽名ではありません。ですが、踊り子というのは嘘です。街で、娼婦をしています」

「オランジットさんですね」

私は改めて、彼女の名前を呼びました。

「名前を呼んでいただけるなんて、もったいないことです……」

オランジットさんはうつむきました。そこには、初めて言葉を交わした時のような高圧的な様子はまったくなく、美しい方ですが、妖艶さの中にも凝るように溜まった疲れが見てとれました。

街の娼婦――というのは、決していい立場ではありません。

アルセダさんに、街の話を聞いたことがあります。

姦淫《かんいん》が罪だとされている王国で、それでも体を売らなくてはいけない女たちは、人間扱いをされていないのだと。

そうすることでしか生きていけない人もいるのです。アルセダさんも、例えばヨアセムさんがいなければ、そしてシアン様がいなければそうなっていたかもしれないと言っていました。

「この子は、フェルネ。父親は誰かわかりませんが、私の子です。幻獣の民。満月の夜には、狼の姿になってしまいます」

オランジットさんが産んだのは、幻獣の民。

――多くの場合、幻獣の民は生まれた時に捨てられてしまいます。

幻獣の民が少ないのは、生まれた時に捨てられて、生き延びることが少ないからという理由もあるのです。王国の人々は幻獣の民を獣の子だと、忌《い》むべき者として扱っていますから、オランジットさんのように傍《そば》においておくことは、本当に珍しいのです。

それだけで、オランジットさんが自分の子を大切にしていることが伝わってきます。

ただでさえ厳しい立場のオランジットさんが、幻獣の民を育てるというのは、どれほど大変なことでしょうか。

「人狼種だな」

シアン様が淡々と言いました。同じ幻獣の民を見て、思うところがあるのかもしれませんが、その口調からはなんの感情も伝わってきません。

「人狼種は、魔力は弱いが力が強い。獣の姿になればその体は堅牢になり、俊敏さも増す。兵士としては、かなり使える」

「人狼……？」

聞き慣れない言葉を、私は反芻《はんすう》しました。

「たとえば俺は、不死鳥種。魔力が強く、魔法が得意で、自己回復能力が高い。たとえ腕が切り落とされてもまた生える。そういう力を持っている。不死鳥の力だな」

優しく諭《さと》すように、シアン様が説明をしてくださいます。

シアン様の口から幻獣の民についての話を聞くのは初めてですので、私は興味深く耳を傾けました。

それにしても、腕を――

不安になってシアン様の腕にそっと触れると、頬を撫《な》でられました。

「腕を切り落とされるようなことはまずない。同じ幻獣の民と戦うことがあれば可能性はあるだろうが、ただの兵士相手では、俺が負けることなどまずありえない」

「いくら、傷が治るとしても、痛いのでしょう？　シアン様、ご無理はなさらないでください」

「俺をそのように心配するのは君ぐらいだ」

シアン様は口元に笑みを浮かべました。

それから、少し考えるように目を伏せると、「人狼種は、狼に姿を変えることができる。姿を変えずとも、狼のように素早く、力も強い。先ほども言ったように、兵士に向いている」とおっしゃいました。

「騎士団に入れる気ですか、シアン様。まだ子供ですよ？　それに、戦いに向いているかどうかもわからない」

困ったようにヨアセムさんが言います。確かにヨアセムさんの言う通りです。

いくら力が強くても、人と戦うことが嫌いな人だって、たくさんいるのですから。

「僕は……人を殴ったり、蹴ったりするのは、好きじゃありません」

フェルネが、遠慮がちに口を開きました。

まだ幼い子供に見えますが、その口調はしっかりしていて、大人びています。

口調から、今までの苦労が滲《にじ》んでいるようで、心が痛みました。

「フェルネ、黙っていなさい！」

オランジットさんがフェルネを叱責しましたが、フェルネは跪《ひざまず》いたまま、一歩、足を前に進めるようにして、自分の胸に手を当てて口を開きます。

「母さんが罪を犯したのは、全て僕のせいなんです。僕が、本を読むのが好きだから。学校に行きたいって、わがままを言ったから。だから、お金のために……！」

大きな赤い瞳に、涙の膜が張りました。

罪を認めて謝罪するのは、大きな勇気がいります。

大人たちに囲まれて、きっと怖いでしょう。

それでも、フェルネは声を上げたのです。

「オランジットさん。事情を聞かせてください。大丈夫です、シアン様も私も、怒っていません」

一生懸命母親を守ろうとするフェルネの姿が健気で切なく、私はシアン様の腕の中からなんとか抜け出すと、オランジットさんとフェルネに手を差し伸べました。

「お二人とも。こちらに。座ってください」

「ですが」

「それは、できません」

「床にいては、お話がしづらいです。それに、足も痛みますでしょう？　シアン様、許してくださいますか？」

「君がそうしたいのなら」

シアン様が頷《うなず》いてくださったので、私は安堵《あんど》しました。

きっと大丈夫だと思っていたのですが——そうして、私の行動を認めてくださると、安心しますし、心が満たされるようでした。

信頼をしていただいていることがわかるのが、嬉しかったのです。

「こちらに」

「ですが、私たちは……」

「僕、服も汚くて」

「そんなことは気にしません。私は、きちんとお二人の話が聞きたいのです。ですから、お願いです」

「ラティス様とシアン様が許してくださっているのだから、そのように」

「二人とも、ラティス様は卑賤《ひせん》の者である私たちにも、まるで対等の立場であるように接してくださいます。ラティス様のお心に嘘はありません。ですから、こちらに」

私のお願いに、ヨアセムさんとアルセダさんが口添えをしてくださいました。

お二人はようやく立ち上がり、遠慮がちにソファに座ってくださいました。

私はシアン様の隣に戻りました。ありがとうございますという気持ちを込めてシアン様を見上げると、髪を撫《な》でられて、耳元で「君は優しい」と囁《ささや》かれました。

「オランジットさん。事情を話してくださいますか？」

オランジットさんに尋ねると、彼女はきつく眉を寄せて、それから悔いるように唇を噛みました。

そして、絞り出すような声で話し出しました。

「ラティス様、シアン様、申し訳ありませんでした。私は——クルガン様に命じられて、嘘をつきました」

「クルガンお兄様に……？」

オランジットさんが口にした思わぬ名前に、私は驚いて目を見開きました。

クルガン・スルド。

スルド公爵家の嫡男で、私の従兄にあたります。

スルド公爵家は、オルゲンシュタット王家の分家です。クルガンお兄様のお母様は、私の亡くなったお父様の、妹にあたります。

古くからある由緒正しい家で、血統を尊び、王家との繋がりを大切にしています。私のお姉様たちの誰かをクルガンお兄様の妻にするという話もあったようですが、その後どうなったのか私は知りません。まだ独身でいらっしゃいますから、その話はなくなったのだとは思うのですが。

クルガンお兄様にご兄弟はおらず、ただ一人の嫡子です。ですので、その妻も慎重に選ぶ必要があるのでしょう。

私とは——時折、ご挨拶を交わすことがありました。

クルガンお兄様は私よりも二つ歳が上で、「君とは年齢が近い。俺には兄弟がいないから、兄と呼んでほしい」と言われたことを覚えています。

「お兄様ですか……？」

「あぁ。血が繋がっているのだから、おかしなことではないだろう？」

「では、クルガンお兄様と」

「ラティス。嬉しいよ」

お兄様と呼んだだけなのに、嬉しそうに笑って私の手を取り、喜んでくださったのが記憶に強く残っています。

ですので、私はクルガン様のことを、クルガンお兄様と呼ぶようになりました。

誰かに咎《とが》められるようなことはありませんでした。当然です。私のことを気にする者は、お城にはいなかったのですから。

クルガンお兄様と言葉を交わす時は、二人きりのことが多かったのです。

とはいえ、「元気か」「変わりないか」「君は誰ともまだ婚約はしていないのだな」「ハロルド様は、君を誰に嫁がせるつもりなのか」などと、挨拶の延長線で少し会話をするぐらいのものでした。

クルガンお兄様はお城に来るたびに、私に声をかけてくださいました。

誰もが私のことを気にしない中で声をかけてくださるのですから、優しい方だと感じていました。

クルガンお兄様は夜会などでお見かけするたびに、いつも多くの令嬢やご友人に囲まれていましたから、きっと誰にでも優しい方なのでしょう。

今は立派に公爵家を継いでいて、私はシアン様に嫁いでからウェルゼリア家を出ることはありませんでしたので、ここ三年はお会いしていません。

「クルガン様はおっしゃいました。ウェルゼリア様のお屋敷からラティス様を連れ出すようにと。どのようなやり方をしても構わないと」

「どうして、そのようなことを……？」

「ウェルゼリア家には、ウェルゼリア様の守護魔法が張ってあり、侵入することが不可能なのだそうです。私にはよく意味がわかりませんでしたが、ともかく、無関係な私ならばウェルゼリア家に招かれることができる。ラティス様が屋敷の外に出れば、ラティス様を連れていくことができると」

どうしてクルガンお兄様がそのような画策をなさったのか、私にはわかりませんでした。

私を攫《さら》い、どうするつもりだったのでしょう。

もしかしたら私は恨《うら》まれているのかもしれません。

クルガンお兄様とは親しい間柄ではありませんでしたので、恨《うら》まれる理由は思い当たらないのですが。挨拶をしてくれる優しい方――という印象は、間違っていたのでしょうか。

「ラティス。君は従兄を、兄と呼ぶのか？」

シアン様の低い声が耳元にそっと響いて、私はびくりと体を震わせました。

まるで――愛し合っている最中に、意地悪をされた時のような声音です。思わず頬が赤く染まってしまいます。皆の視線を感じると余計に恥ずかしい気持ちになって、私はうつむきました。

「そ、そう――呼ぶようにと、言われたのです。クルガンお兄様には他に兄弟がいないからと。私とは二歳、歳が違うだけですから。妹のように思われたのかもしれません」

「親しかったのか？」

「いいえ。顔を見れば挨拶をしてくださいましたが、親しいわけではありません。挨拶をしてくださった時に言葉を交わすことはありましたが、それだけです」

シアン様は、どこか怒っていらっしゃるように感じられました。

私も本当は、私に危害を加えようとしたクルガンお兄様に怒るべきなのでしょうが、戸惑いのほうが強く、怒りは湧き上がってはきませんでした。

「その、クルガンって男はどんな人なんですか？　貴族のことは詳しくなくて。教えてくれますか、シアン様」

ヨアセムさんが少し緊迫した空気を和ませるように、シアン様に尋ねます。

シアン様は私から視線をヨアセムさんに向けると、静かな声で話しました。

「クルガン・スルドは、スルド公爵だ。スルド公爵家は貴族の中でも王家に近い。血の交わりも濃い。クルガンの母は、ラティスの父の妹だ」

「あぁ、だから従兄なのですね。その従兄が、どうしてラティス様を？　もしかして、クルガンとラティス様に結婚の話が出ていたとか。それをシアン様が横から奪った、とか？」

ヨアセムさんが、腕を組んで首を傾《かし》げます。

アルセダさんが少し焦ったように「ヨアセム、無礼ですよ」と注意しました。

私は、確かにそう思われるのも無理はないと、その時初めて気づきました。

「そんな話はありませんでした。王家の姫は、ハロルドお兄様が全て結婚相手を決めるのです。ご自分の立場が優位になるように。でも、私にはそういった話は、シアン様が私を欲しいとおっしゃるまでは、一度もなかったのです」

「じゃあ、クルガンが一方的にラティス様を？」

「そんなことは……」

ないと、思います。

お城にいた時、私はクルガンお兄様について考えることは、ほとんどありませんでした。

クルガンお兄様からそういった感情を向けられたことも、なかったと思います。

「すみません。生まれが悪いので、品のないことばかり思いついてしまって。でも、ラティス様とシアン様の仲を引き裂こうとするなんて、許せませんね。やり返しますか？」

ヨアセムさんが、当然のように報復することを口にしました。

そこには、強大な公爵家に対する恐れはまるでなく、私にはいつも優しく明るい姿しか見せないヨアセムさんの生きてきた世界を思い知らされるようでした。

「いや。それは、まだ。クルガン一人を殺すことはたやすいが、私怨で凶行に及べば、ハロルド陛下の不興を買うだけだ。スルド家に追従する家も多い。彼らは、幻獣の民である俺や、それから能力のある庶民を取り立てるハロルド陛下の治世に不満を持っている」

それは、私も聞いたことがありました。

ハロルドお兄様は少し、変わっていらっしゃるところがあります。幻獣の民であるシアン様を取り立てたこともそうですし、出自がなんであれ能力があれば使うと言って憚《はばか》りません。

政治とは貴族が行うものだと、スルド公爵家を筆頭に多くの貴族たちが当たり前のように思っていますので、そういった貴族の家はハロルドお兄様に反発心を抱いているようでした。

「スルド家もそうだがフォルゼウス辺境伯家も、それからいくつかの貴族の家も。俺のことが気に入らず、陛下に直々に俺をグラウクス騎士団から引きずり下ろすように嘆願していることは理解している。そんなことはどうでもいいが、下手に立ち回ればハロルド陛下を敵に回す可能性もある。俺はラティスを失いたくない」

「……私は、シアン様のお傍《そば》から離れません」

「俺も離すつもりはないが、陛下の心次第では、その可能性もある。君と過ごす幸福を自ら手放したくはない」

私はじっとシアン様を見つめて、頷《うなず》きました。

シアン様は——私を、と、おっしゃいました。

けれどきっと違うのでしょう。私だけではなく、ヨアセムさんやアルセダさん。家の者たちのことも考えてくださっているのです。

それは、私も同じ気持ちでした。

「どのみち、これで終わりではないだろう。ラティス、俺の不在の時は、家から出ないように」

「はい。シアン様」

「それで——クルガンにはなんと言われた？　金を渡すから言うことを聞けと言われたのか？」

シアン様はオランジットさんに視線を移しました。

オランジットさんは緊張した面持ちで、唇を開きます。

「——役目を果たせば、フェルネを学校に入れてくれると約束しました。私はその申し出に、縋《すが》ってしまったのです。間違ったこととわかりながら、フェルネの幸せのためにはそれしかないと思いました」

スルド家の後ろ盾があれば、確かにフェルネは学校に行けるかもしれません。

けれど、スルド家は幻獣の民を嫌っています。本当にその約束は、果たされたのでしょうか。

私はクルガンお兄様のことを優しい方だと思っていましたが、今は少し、おそろしく感じます。

「……母さんがそんなに思い詰めていたなんて、僕は知らなかったんです。僕は、学校になんて行かなくても、母さんと二人で生きていければ、それでよかったのに」

震える声で、フェルネが言います。大きな瞳に、涙が溜まっていました。

私には二人が、処罰を受ける覚悟をしているように見えました。

「罪は、私だけにあります。私はとんでもないことをしてしまいました。こんな私に優しく声をかけてくださったラティス様に、最低なことを……私の命は好きにしていただいてかまいません。ですが、フェルネは関係ありません。どうか、お許しを」

「母さんは僕のために罪を犯したのです。僕も同罪です。僕が幻獣の民じゃなければ、こんなことにはならなかったはずです。母さんの罪は僕の罪。処罰を受けるのなら、一緒に」

二人はもう一度、深く頭を下げました。

その悲壮な覚悟に、思い合う気持ちに、胸が震えるようでした。

――どうして、二人を責められるでしょうか。

オランジットさんは必死でした。それに、スルド公爵から命令をされて、逆らうなんてとてもできなかったのではないかと思います。

クルガンお兄様は、自分の手駒として使うために、幻獣の民の子供を持つオランジットさんをわざわざ選んだのです。残酷なことです。

オランジットさんはきっと――怖かったでしょう。

「ラティス。女と子供をどうする？　君が望むのなら、今すぐ殺してしまってもいい」

シアン様が、淡々と私に尋ねました。

本当に二人を処断しても構わないと思っているようでした。

「シアン様……私は、それを望みません。オランジットさんやフェルネを、守ってあげてほしいのです。クルガンお兄様が攫《さら》うつもりだったのは私です。二人はそれに、巻き込まれただけなのですから」

責任は、私にあります。

理由はわかりませんが、クルガンお兄様は私を攫《さら》いたいと考えていて、オランジットさんはたまたまその手段として選ばれてしまっただけです。

私は二人を助けたいと感じました。

幻獣の民というだけで、そして幻獣の民を産んだというだけで、傷つかなくてはいけないなんて、間違っています。

「……わかった、ラティス。君ならそう言うだろうと思っていた」

シアン様はそうおっしゃって、頷《うなず》きました。

「オランジットは、アルセダと共に働け。フェルネは、ヨアセムと共に。給金は支払う。金を貯めて、学校へ入れてやるといい。フェルネ。気が変わり騎士団で働きたくなったら俺に言え。お前の力は役に立つだろう」

はじめから、そうすることを決めていたような口ぶりでした。

処断するのも助けるのも、私に最後の判断を任せていたような――

けれど、シアン様が助けることも考えてくださっていたことが嬉しくて、私はシアン様に微笑みました。

「ありがとうございます、シアン様……！」

「ありがとうございます！」

泣きながらお礼を言う二人から、シアン様はすぐに視線を逸らしました。

それから私の頬を撫《な》でて「君は、まるで変わらない。君のその優しさに、俺も昔救われた」とおっしゃいました。

シアン様は——騎士になってから、私と出会ったはずではないのでしょうか。

私はずっと、シアン様が私を求めてくださることを、不思議だと感じていました。

シアン様と私には、深い関わりはありません。

もちろん騎士であるシアン様と私は、ご挨拶をしていただくことはありましたけれど、シアン様が私の警護につくようなことはありませんでした。

とてもお強いですし、驚くほどの早さで見習い騎士から騎士団長になられたシアン様は、私よりもお兄様やお姉様、国にとって大切な方々の警護につくことのほうがずっと多いですから。

遠くからシアン様を見て、美しい方だなと思う程度の繋がりでした。

もちろん、シアン様が私よりもずっと大人で、私が子供だったということもあります。

年上の男性に憧れるような気持ちもあったのでしょう。

幻獣の民が珍しかったということもあるのでしょう。

でも——騎士の軍服を着て背筋を真っ直ぐに伸ばしてお立ちになり、優雅な所作で礼をするシアン様は、背筋がぞくりとするほどに美しかったのです。

私はシアン様にたびたび視線を向けていました。

時々、視線が絡むことがあると——恥ずかしくて、うつむいたものです。

男性に不躾《ぶしつけ》な視線を向けるなど、褒められたことではありませんから。

そんな風に、私はシアン様に少しの憧れがこもる視線を向けていましたが、シアン様にとっては私など、目立たない七番目の姫というだけの認識だと思っていました。

覚えていてくださったのならまだ幸せです。

認識すらされていない可能性もあったのですから。城の皆が、私に視線を向けないのと同じで。

「——それでは、今日から二人ともウェルゼリア家の使用人ということで。少年、君は働けるのか？」

私がシアン様の言葉について考えていると、ヨアセムさんがフェルネに声をかけました。

「はい。お仕事を頂けるのなら、頑張ります。僕は子供で、幻獣の民。……自分の力をまだうまく扱えなくて、月を見ると、体の一部が獣になります。だから働きたいと言っても、受け入れてもらえませんでした」

「それは難儀だな、フェルネ君。危険はないのか？」

「はい。獣化はしますが、理性はありますので」

「君は何歳だ」

「十歳です」

「十歳の割には賢いな。だが、シアン様が十歳の時にはもっと賢かった。頑張ろうな、少年！」

「はい！」

ヨアセムさんはにこにこ笑うと、フェルネの頭をぽんぽんと撫《な》でました。

それから、オランジットさんに「息子さんを借りますよ。俺の仕事を見て、覚えてもらいます」と言って、私たちに礼をするとフェルネを連れて、部屋から出ていきました。

慌てたように礼をして、ヨアセムさんのあとを追いかけるフェルネは、先ほどの思い詰めた表情とは違い、可愛らしく、微笑ましい様子でした。

「それでは、オランジット。あなたは私と一緒に、侍女の仕事を覚えてもらいます。よろしくお願いしますね」

「はい、なんでもします。よろしくお願いします」

オランジットさんも深々と頭を下げると、アルセダさんに連れられて部屋を出ていきました。

私は胸に手を当てて、ほっと息をつきました。

緊迫した雰囲気は、あまり得意ではありません。それに、色々とわからないことが多すぎて、混乱もしていました。

ただ、お給金をきちんと支払って、フェルネが学校に入れるように取り計らってくださるシアン様の優しさに、救われるような思いでした。

私はシアン様の手を取って、微笑みました。

「シアン様、ありがとうございます」

「俺はなにもしていない」

「オランジットさんと、フェルネを許してくださいました。幻獣の民は、この国ではとても生きにくいでしょう？　私は詳しくは、知りません。ですが、シアン様もとても苦労をなさったのでしょう？」

「苦労とは思っていない。君を手に入れることができた今となっては」

「……は、はい」

手を引かれて、私はシアン様の上に倒れ込むようにして抱きしめられました。

背中を手のひらが撫《な》でると、ぞわぞわしたものが体に走ります。

声が上擦《うわず》らないように気をつけながら、私は口を開きました。

「オランジットさんもフェルネも、これからとても苦労をするところでした。クルガンお兄様のこともありますから。……だから、シアン様が、二人を保護してくださったこと、とても嬉しく思うのです」

「ラティス。それは君が望んだからだ。俺は、あの二人がどうなっても気にならない。だが君は、あの二人になにかあれば悲しむだろう。だから、保護をした」

「シアン様……それでも、私はあなたを、優しい人だと思っています。私のためであっても、保護をしてくださったことに変わりはないのですから」

「君がそう思うのなら、それで構わない」

シアン様がご自分のことをどう考えているのかはわかりませんが、私はシアン様を優しい人だと思います。

そうでなければ、きっと、オランジットさんやフェルネを見捨てていたでしょうから。

「でも、クルガンお兄様はどうして私を……」

「ラティス」

シアン様が私の腰を掴んで、向かい合わせになるようご自分の膝の上に私を乗せました。

ドレスの下、足の間にシアン様の大腿が当たって、私はこぼれそうになる吐息を押さえました。

お腹の下のほうにある証が、ぞくぞくと疼《うず》きます。

これが、アルセダさんの言っていた、発情、なのでしょうか。

気づかれないように目を伏せると、シアン様の唇が私の耳に触れました。

「クルガンを、君がお兄様と呼ぶことが気に入らない。俺の前で、俺以外の男の名を口にするな、ラティス」

「あ……」

艶《つや》のある、苛立ちを含んだ声が鼓膜を揺らしました。

「この家に、男を増やしたくない。本当は。ヨアセムは信用している。だが、フェルネはわからない」

「ま、まだ子供です」

「十歳の少年は、女に関心がないとでも？」

「子供ですから……」

「あれの母は、娼婦だった。男女のことはよく見ているだろう」

「シアン様……っ、や、待って、くださ……っ、ここでは、駄目です……」

ここは寝室ではなくて、応接間です。

シアン様の舌が私の耳に触れて、その手のひらが私の臀部を掴むので、私は首を振りました。

「君は俺のものだ。拒絶は、許していない」

「シア、さ……っ、ん、んぅ……」

本当は、シアン様がいつ私を知ったのか、尋ねたかったのに。

唇を塞《ふさ》がれて、私はそれ以上言葉を話すことが、できなくなってしまいました。

布越しにシアン様の熱く硬いものが、私のはしたない場所に擦りつけられるのがわかりました。

逃げようとする私の体を押さえつけながら、シアン様は私と唇を合わせます。

口蓋の裏を、ざり、と長い舌で舐《ねぶ》られるだけで、くたりと力が抜けてしまいます。

ぬるりと舌が絡まり、ちゅぷりと音を立てながらシアン様は私の舌を舐《ねぶ》りました。

お部屋に鍵もかかっていないのに。

ベッドではない場所なのに。

私は気づけばシアン様の熱い昂《たかぶ》りに、はしたない場所を擦りつけていました。

「あ……ふぁ、あ……っ、しあ、……さまぁ、だめ……」

「ラティス。俺以外の男の名を呼ぶ悪い唇には、仕置きが必要だろう?」

「ぁ……あぅ……っ」

唇が離れると、シアン様は私の喉に軽く噛みつきました。

僅《わず》かな痛みの後に広がる甘さに、舌の熱さに、私はふるりと体を震わせます。

駄目だとわかっているのに、体はシアン様が欲しいと、叫んでいるようでした。

「俺の名を呼べ、ラティス。……ここに触れられると、君はすぐに達することができるように、もうなっているはずだ」

「え……あ……っ」

どこまでも私に甘く優しいシアン様なのに、今は少し怖いような気がします。

ドレスの上から下腹部の紋様に手を置かれると、中を掻き回されて突き上げられているような感覚が、まだ触れられてもいないのに湧き上がってきました。

それはまるで、脳髄を直接犯されているかのようでした。

私の頭に、シアン様の声が、シアン様の声だけが響いてくるのです。

「ラティス――いけ」

突然、高いところから突き落とされたように、私の体を衝撃が襲います。

かくんと腰から力が抜けて、私はその場でへたり込んでしまいました。

ビクビクと震える体を、シアン様が抱きしめてくださいます。

「あ……っ、あ、あ、あああ……っ」

私は、なにが起こったかわからずに、混乱していました。

ただ、気持ちよくて。怖くて。でも、気持ちよくて。

「あ、……っ、私、シアン様、私……変、です……」

「変ではないよ、ラティス。俺がそうした」

「……アルセダさんが、印を刻まれると、……シアン様の魔力に反応して、発情、すると言っていました。私、発情、しているのですか……？」

先ほどは不機嫌そうだったシアン様が、今は嬉しそうな瞳で私を見つめています。

少し触れられただけで、言葉で命令されただけで、私は――絶頂を、してしまったようでした。

それは最奥を激しく突き上げられた感覚と、よく似ています。

私の蜜口からは愛液がぼたぼたと溢れて、ドレスの下なので見ることはできませんが、下着をぐっしょりと濡らしていました。

信じられないことですが、これが、発情なのでしょうか。

「そうだとしたら、ラティスは、嫌か」

「嫌では、ありません……シアン様が、こうしてくださったのなら、私は……でも、淫らな女は、嫌いではないですか……？」

「どんなラティスも、愛しい。証は、俺以外には、反応することはない。だから、俺の前では存分に乱れていい」

「シアン様、あの……さっきは、ごめんなさい。だから、お部屋に……ここでは、駄目で……」

なんだかわからないまま、絶頂感に襲われて、まだ体は切ないままです。

魔力によって発情して、犯されている感覚は――確かに気持ちがいいものではありましたが、終わりがないようにも思えます。

どこまでも気持ちよくなることができるのに、なにかが足りないのです。

私は、シアン様が欲しくて、私の中に欲しくて、縋《すが》りつきたい衝動をなんとか押さえつけました。

応接間で情を交わすなど、いけないことです。

本当は、陽の高いうちからまぐわうなど、あってはならないことで——アルセダさんから、この国の戒律を守っている人はいないと聞いたばかりですが、幼い時からの教育のせいで、どうしても禁忌《きんき》だと思ってしまうのです。

シアン様と愛し合えることは嬉しいのです。もちろん、気持ちよくなることも。

でも、昼の応接間でそれをするのは、間違っている気がします。

誰かが来たら、無遠慮に扉を開く者などこの家にはいないでしょうが、声が聞こえてしまうかもしれません。

ヨアセムさんや、アルセダさんに。オランジットさんや、フェルネに。

それを考えただけで、羞恥に体が熱くなるようでした。

「駄目？　どうして」

「応接間ですから……」

「ここは俺の家だ。どこでなにをしようが、俺の自由だとは思わないか？」

「で、でも……っ、あ、ゃあ、シアン様、そこ、駄目です……濡れて……ゃ、ん……っ、あ、あ……！」

シアン様の手が私のドレスのスカートを弄《いじ》り、ぐちゃぐちゃに濡れた私の秘所を指で辿りました。

長い指が私のその場所を開くようにして入ってきます。中に二本の指が入れられると、広げるようにしながら掻き回されます。

中の襞《ひだ》をひっかき、なぞり、溢れる愛液をかき出すようにされました。

私はシアン様の体に自分の体を押しつけながら、甘えるように声を漏らしました。

「こんなにいやらしくここをひくつかせて、欲しいと濡らして、部屋まで歩いていくのか、ラティス」

「や、ああっ、あっ、ああ……」

「君の淫らな顔を、家の者たちに見てもらおうか。君がそうしたいのなら、それでもいい」

「しあ、さま……っ、指、だめ……っ、やら、ぁああ……っ」

「部屋まで我慢できるか、ラティス。俺は、できない」

吐息混じりの掠《かす》れた声が、鼓膜を揺らして、私は二度目の絶頂を迎えました。

言葉も発することもできずに震える私の前で、シアン様はご自分の服のベルトを緩めました。

窮屈《きゅうくつ》そうだったズボンから、猛った大きなものが外気に晒《さら》されて、その大きさに、存在感に、私は切なく眉根を寄せました。

「君も、欲しいという顔をしている。皆に知られたくなければ、声を我慢していればいい」

「……っ、はい、シアン様、……っ、ん、……ん、ん……！」

シアン様は私を抱き上げると、私の蜜口へ、私の下着をずらしてご自身を擦りつけました。

ぬるりと先端が入ってくると、あとは自重で一気に奥深くまで、熱杭が差し込まれます。

ずぶりと私の中をいっぱいにする大きな杭の存在に、私のなけなしの理性は、侵食されていくようでした。

「あ、ぁ、あっ、あぅ、うう……っ」

パチュパチュと音を立てながら優しく丁寧に突き上げられて、私は両手で口を押さえながら声を我慢しました。

気持ちよくて、おかしくなりそうで、本当は泣き叫びたいぐらいでした。

突き上げられるたびに、意識がどこか遠くへ行くような、激しい快楽が体を襲います。

気持ちいい。気持ちいい。すごい。すごい。気持ちいい。

口に出す代わりに頭の中でそう繰り返すと、余計に快楽が大きくなっていくようでした。

「ラティス、愛している。俺の名前を呼べ。他の男など目に入れたらいけない。だから……もっと、気持ちよくしてやろう」

「シアン様……っ」

シアン様は私と繋がったまま、私の体を抱いて、立ち上がりました。

さらに深く、欲望を呑み込んで、私の意識は一瞬白く濁《にご》りました。

応接間にある机の上に私の体は押し倒されて、シアン様は私の足を高く抱えました。

動きやすくなったからなのか、さらに激しく腰が打ちつけられます。

内壁が擦られて、奥を貫かれると、嬌声《きょうせい》の代わりにぼろぼろと涙がこぼれました。

「……んっ、んぅ、ぁ、う、ん……っ」

「声が聞きたい」

「や、ぁ……だめ……っ、あ、あああっ」

はじめから、我慢できないことぐらいわかっていました。

口を押さえている手を外されて、強引にドレスの胸元が引き下げられてまろびでた胸を吸われて、浅く、深く刻みつけるように突き上げられると、私はもう、だめになってしまうのです。

「シアン様っ、きもち、い、です……っ、あっ、すごいの、すごい、おく、もっと……っ」

「良い子だ。だめではなくて、いい、だったな。よく覚えている。えらいな」

「ぅん、……シアンさまぁ、すき……好き……ごめん、なさ……しあんさま……っ」

「あぁ。君の可憐な声が、他の男を呼ぶたびに、嫉妬でおかしくなりそうなほどに、君を愛している」

嫉妬を――してくださった。

そう思うと、快感が体の奥底で弾けるようでした。

快楽が大きな波のように、貫かれるたびにお腹の奥から全身に広がっていきます。

クルガンお兄様の名前を呼んだだけで、そして、まだ幼いフェルネにさえも嫉妬をしてくださるシアン様の深い愛情が、暴虐な交わりから伝わってくるようでした。

「俺の名を呼んで。可憐な唇が紡いでいいのは、俺の名だけだと、覚えていろ」

「は、い……っ、しあ、さ……っ、ゃ、ああぁっ、はげし、……っ、ぃく、いきます、私……もお……っ」

ばちゅばちゅと激しい律動とともに、濡れた音が応接間に響いて、私は悲鳴じみた声を上げました。

こんなこと――まだ明るいうちから、お仕事で使用する部屋で、しているなんて。

でも――

「ラティス、いけ。何回でもいっていい。見ていてやる、全部」

「あっ、あああ……っ」

ひときわ激しく最奥を突き上げられて、シアン様の逞《たくま》しい熱杭の先端が、私の柔らかい入り口を押し上げるのを感じます。

とぷりと、私の中に熱いものが注がれて、私は内腿を痙攣《けいれん》させながら、腰を弓形に逸らしました。

一度達したのに、私の中のシアン様はまだ硬いままで、もう一度始まった律動に、私は揺さぶられながら甘い声を上げ続けました。

「しあ、さま……っ、いきました、もぅ……っ、やっ、そんなに、したら……っ」

「ラティス、もっと欲しいだろう？」

「ん……っ、ほし……ほしいです、しあんさま……っ、あっ、ああっ」

頭の中が、気持ちいい、欲しいと。それだけでいっぱいになります。

シアン様の艶《つや》のある声が、私を見つめる熱を帯びた赤い瞳が、抱きしめていただく腕の力強さが。

私の、全てになってしまうようでした。

幾度も穿《うが》たれるたびに足が跳ねて、ぽろぽろと涙がこぼれます。

お腹の底に熱いものが注がれても、その都度歓喜に体を震わせても、それは罰のように、終わらないのです。

「しあんさま、もお……わたし……っ、あああっ、あ、あぁ……っ」

――何度目かの精が私の中に注がれて、私はか細い声を上げながら、絶頂を迎えました。

抱えられた足が跳ねて、がくがく腰が震えてしまいます。

閉じ込められていた日々は、シアン様の甘く激しい責め苦に身も心も堕ちていくようでした。

けれどどこのところは、とても優しくて。

あれは、印を刻んだ時にだけシアン様にもたらされる、幻獣の民の獣の部分。

だから、もうそれは落ち着いたのだと、思っていました。

「ぁ、あ……ひっ、あぁ……っ、やっ、また……っ」

声を抑えることなんてできなくて、理性もとっくに、ぐずぐずに崩れてしまって。

私の中を行き来する、硬くて太いものだけが、私の全てになったようでした。

じゅぷじゅぷと中が擦れるたびに、中の襞《ひだ》がめくれあがり、また押し込まれます。

幾度か注がれた精が掻き回されるたびに、こぷりと溢れてこぼれ落ちて、机や床を汚しました。

「あっ、あっ、あ……あぁっ、きもち、い……しあ、さまっ、あぁ……っ、きもちぃよぉ……っ」

「そんなにいいか、ラティス」

「うん……いい、すごいの、もぉ、やぁ……やらぁ……っ」

「ラティス、可愛いな。いつも上品な君が泣き叫ぶ姿は本当に、可愛い」

「や、あ、あっ、しあんさま、しあ、ああっ」

シアン様は応接間の絨毯《じゅうたん》の上に、ご自分の上着を脱いで投げ捨てると、私をうつ伏せに寝かせました。

震える両足で膝をつき、腰を高く上げさせられます。

信じられないぐらいに、淫らな姿です。

けれど私の体も頭も心も蕩《とろ》けてしまって、激しい羞恥心でさえも快楽に変わっていくようでした。

「どろどろだな、ラティス。君の中から、俺の出したものが溢れてくる。ちゃんと、全部飲まないと駄目だろう？」

「ごめんなさい……しあんさま、ごめんなさい……」

「悪い子だな。栓を、してほしい？」

悪い子と言われると、胸が震えました。

はしたない姿を見られるのも、叱られるのも、全部気持ちいいのです。

私、どんどんおかしくなってしまうようでした。

もう、何度達したかわからないぐらいで、激しすぎる快楽は、苦しいのに。

私の中からシアン様がいなくなってしまったのが、たまらなく寂しいのです。

「せん、して……ください、私、悪い子です、から……お願いです……っ」

甘えるようにねだるように口にして、腰を揺らめかせます。

欲しくて欲しくて、どうにかなりそうでした。

「なにで栓をしようか。望む通りにしてやるから、言うといい」

指が、背後から私の蜜口を大きく開かせました。

ぽたぽたと、中から液体が流れ落ちるのさえ気持ちよくて、私は子猫のような声を上げます。

指先に液体を絡めて、シアン様は遊ぶように、私の淫らな突起へ触れました。

指で挟んで擦られると、びりびりと足先まで快楽が走り抜けて、生理的な涙がぽろぽろこぼれました。

「ぁあ……っ、やぁああっ、あは、ああ……ひっ、あ……」

「ラティス、なにが欲しい？　俺に教えて」

「しあんさま、しあんさまの、大きくて、硬いのを、私にくださ……っ、淫らな私の、くち、に、栓をしてください……っ」

「口とは？」

「ここ、に……っ」

その単語は、とても言えません。

私はその代わり、自分の手で、自分のそこに触れました。

シアン様の指先が、私の指に絡みます。

導かれるように、私の指は蜜口の中に、つぷりと埋め込まれました。

「あ……っ」

「ここだな、ラティス」

「はぃ、ここに……っ、ぁ、あっ、あん、ん」

「自分で触れて気持ちよくなるなど、淫乱だな」

「ごめんなさい……っ、シアンさま……ご慈悲を、私に……」

シアン様の手が私の手に重なって、今度はすっかり腫れた花の芽に導かれます。

自分で触るのは、初めてでした。

指先でくちゅくちゅと上下に弾くと、目の前が白くなるほどに気持ちがいいのです。

私の腰を掴んだシアン様が、背後から私の中へ押し入ってきます。

子宮口にどちゅりと抉《えぐ》るように先端が当たり、私はそれだけで、透明な液体を溢れさせながら達しました。

「ああ、あっ、いく、いってるの、いく、いく……っ、あぁ、あ、きもち、らめ、やぁあっ」

激しい抽送が再び始まり、最奥を何度も穿《うが》ちます。

ばちゅっ、ぐちゅ、じゅぶ……と、ひっきりなしに水音が響き、私の啜《すす》り泣きと混じりました。

きもちいい。

奥、ぐりぐりされるのが。

中を、じゅぶじゅぶ、されるのが。

入り口にあるふくらみを、こりこりされるのが。

きもちいい。すき。すき。きもちいい。

シアン様の、太くて硬くて、あつくて。すこしも、嫌じゃない。

もっと、ひどいこと、してほしい。

恥ずかしいことも、気持ちいいことも。シアン様になら、全部、されたい。

あぁ、私はなにを、考えているのでしょう。

でも——

「ぁ、あ……っ、しぁ、ぁ、ん……っ、さま、すき、すきなの……すき……」

「愛している、ラティス。君だけしか、いらない……だから、もっと淫らになって、俺だけを、欲しがってくれ」

大きな手のひらが、私の下腹部の印を押し上げました。

同時に、ひときわ激しく中を貫いた剛直から、熱い液体が迸《ほとばし》ります。

「あ、あぁぁっ、あ、あ、あ……！」

目の前が真っ白になり、意識が遠のいていきます。

ただ、気持ちよくて、気持ちよくて。

それだけしか、考えられません。

床に倒れ込む私を、シアン様が優しく抱き上げてくださるのが、とても幸せでした。


私が目覚めたのは、夜のとばりが下りてからでした。

ベッドは蝋燭《ろうそく》の炎に照らされて、お部屋には良い香りが漂っています。

色つきの硝子を組み合わせて作った香炉から、甘い香りが立ちのぼっています。

「ラティス、目覚めたか」

「シアン様……」

私は喉を押さえました。少し声が、掠《かす》れています。

シアン様は私を起こして、レモンの風味のする紅茶を飲ませてくださいました。

「体は、痛くないか？」

「大丈夫です」

「……とても、可愛かった。時々、歯止めがきかなくなる。すまないな」

「……私」

シアン様が私をもう一度寝かせて、髪や頬を撫《な》でました。

長い、骨張った指が触れるのが心地よくて、私は目を細めます。

強引に、ともすれば暴虐に、おかしくなるほどの熱を与えられた記憶は鮮やかに残っていて——

それが幸せだと感じてしまうのです。

理性が蕩《とろ》けて、自分が自分ではなくなってしまうような、あの行為はもう終わり、穏やかな時間に戻ったというのに。

私はやっぱり、どこか壊れてしまったのでしょう。

優しいシアン様が愛しいという気持ちと、それからシアン様にひどくされたいという気持ちが、私の中に同時に存在しているようでした。

「謝らないでください、シアン様。私……すごく、気持ちよくて。シアン様が、嫉妬をしてくださったこと、嬉しくて。……シアン様のものに、私の全部がなったみたいで」

「ラティス……」

「……だから、その、いつでも私を、好きなようになさってください」

感情が言葉とともに溢れてしまうようでした。

シアン様は美しい顔に笑みを浮かべると、私の唇にそっとご自分のそれを触れさせました。

「愛しているよ、ラティス。君をこの手に抱けるだけでも十分だというのに、君からの愛をもらうことができるとはな」

「シアン様……あ、あの」

私は――ずっと、シアン様とお話ができないままでいました。

体を重ねたり、愛を囁《ささや》いてもらったり――数え切れないぐらいにたくさん、していただきました。

けれど私はまだ、シアン様の心の奥に触れていないような、気がするのです。

「私は、お城では、目立たなくて、地味でしたでしょう？　皆が、私のことなど気にしない中で、シアン様は私を欲してくださいました。私は、驚きましたけれど、とても嬉しかったのです」

「恐ろしいとは、思わなかったか？　俺は、王を守った褒賞として、君を手に入れた。幻獣の民である俺が、姫である君を欲しがったのだから」

「私、……シアン様のことを、見ていました。なんて美しい方なのかしらと思って、遠くから。ずっとそう、思っていました」

「君は、変わらないな」

シアン様はそう言うと、私の横へ寝そべって、私の手に指を絡めました。

指先に口づけて、それから、とても優しく頬や目尻に口づけてくださいます。

私は――ずっと、気になっていたことを聞かなくてはいけません。

もっと、シアン様の心に触れたい。

あなたが好きだから――あなたの奥深くまで、知りたいのです。

シアン様と共にいる私は、今までの私でなくなっていくようでした。

欲など、ないつもりでした。

肉欲も、愛欲も、欲深さとは罪です。

諦めて、受け入れて、どんな時でも穏やかに、他者に迷惑をかけずに、生きること。

それが正しい生き方だと、教えられてきましたから。

だから、シアン様のことを諦めて、すぐに逃げようとしたのです。

けれど今は、同じことが起こっても、私は同じ選択をしないでしょう。

シアン様を信じているのはもちろんですが、私が――シアン様と離れたくないと、強く思っているのですから。

「シアン様は、私をもっと昔から、知っているようなことをおっしゃいます。私には、覚えがないのです。私が忘れているだけなのでしょうか。私、シアン様と出会った時の記憶を忘れてしまっているのだとしたら、それはとても不実なことだと思います」

「……君が覚えていないのは、無理もないことだ」

「でしたら、教えていただきたいのです。もう、忘れないように。きちんと、覚えておけるように」

「――あぁ」

シアン様は昔を懐かしむような口ぶりで、話しはじめました。

「ヨアセムとアルセダのように、俺も孤児だったことは、知っているな。よくある話だ。俺はある貴族の子供として生まれて――赤子の頃に孤児院へ捨てられた。幻獣の民を子に持つだけで、差別の対象になる。都合が悪かったのだろう」

――ある、貴族。

つまり、シアン様は、元々貴族の子供だったということ。

「両親のことなど、俺は知らなかった。だが、孤児院の院長は知っていた。院長は俺の秘密を盾にして、俺の両親である貴族を揺すり、金を得ていた」

「そんな、ひどい……」

孤児を預かる孤児院とは、清く正しい場所だと私は信じていました。

シアン様は私の髪を、慈しむようにして撫《な》でました。

「君には苦しい話だろう。無理をしなくてもいい」

「ごめんなさい。大丈夫です。私はシアン様のことが知りたいのです。ですから」

頬に触れられた手に、私は自分の手を重ねました。

シアン様は目を細めると、言葉を続けます。

「――脅された貴族は、邪魔な俺を殺すため暗殺者を雇った。孤児院は居心地が悪く、近くの森に行って一人で時間を潰していることが多かった。襲われたのは、森の中だった」

私は息を呑みました。

幼い子供を――まして、血を分けた自分の子を、殺《あや》めようとする親がいるなんて、信じたくありませんでした。

シアン様は、ただ、幻獣の民として生まれただけなのに。

それだけで、誰の愛情を受けることもなく、それどころか悪意に晒《さら》されることになるなんて。

「俺はその頃には既に自分の力を使うことができた。暗殺者は撃退したが、孤児院はすでに焼かれていた。そして、俺は街をさまよう孤児となった」

「……シアン様、とても、苦しい思いをなさったのですね」

「俺を足蹴《あしげ》にしようとしてくる者たちは、全て命を奪わず苦痛だけを与える炎で焼いてきた。だから、苦しいということはなかった。だが……」

シアン様は不死鳥の炎のような、熱のこもる瞳で私を真っ直ぐに見ました。

「街で――君に出会った。俺が直接君と話したわけではない。君は馬車に乗っていて、君の乗る馬車の進路を、とある幻獣の民の子供が塞《ふさ》いだ。兵士はその子供を処刑しようとしたが、馬車から降りてきた君が、その子供を庇《かば》った」

「あ……っ」

――私は、思い出しました。

あれは私が、まだ十歳にも満たない頃のことだったと思います。

どうして馬車に乗っていたのかは覚えていません。たぶん、家族とともに別邸に行った帰りだったのでしょう。

馬車は街の中で止まり、なにかが起こっていることに気づきました。

馬車の小さな窓から、兵が少女に剣を振り上げるのを見て、私は「そんなことはやめてください」と、必死に兵士を止めたのでした。

幻獣の民はただ髪が黒いというだけで、私たちと同じです。

馬車の前を横切ろうとしたというだけで、少女に剣を向けるのは間違っています。

少女の命は助かりました。

けれどその日から——私は、家族にさえ、家族と扱ってもらえなくなったのです。

幻獣の民に情をかけるとはそういうことだと、私はよく、わかっていなかったのです。

成長するにつれて、その記憶は次第に薄れていきました。

少女の命は守ることができましたが、私は「王族の面汚し」だと両親に叱られ、兄姉からは疎《うと》まれてしまいましたから。

考えないように、思い出さないようにしていたのかもしれません。

「俺は、それを見ていた。少女を手にかけるのなら、兵士を殺そうと考えていた。けれど、君が救った。幻獣の民を救う人を見たのは初めてだった。まして、君は王族。そんな人間がいるのかと驚き、同時に、君が欲しいと思った。どうしても、欲しいと」

「……シアン様もあの時、あの場にいたのですか？」

「あぁ。俺はただ、見ていただけだ。君が欲しいという欲望を抑えることができず、実力を示し騎士団に入り、誰よりも功績を立てることで騎士団長の座を手に入れた。全ては、君を手に入れるために」

「私……嬉しいです。とても、嬉しい。……私はあのあと、酷い言葉で罵《ののし》られて、怒られました。両親からも兄姉からも蔑《さげす》まれました。……でも、私の行いは正しかったのですね、きっと。シアン様が私を欲してくださったのですから」

あの時の私が——報われるようでした。

私は私の心のままに、少女を救いました。

けれどそれは、両親を怒らせて、兄姉に嫌悪される結果に終わったのです。

悲しく、苦しく。私の心は忘却を選びました。

——けれど、私を見ていてくれた。

シアン様が私を見て、私の行動を、認めてくださった。

それだけで、悲しみも苦しみも消えていって、胸がいっぱいになるような喜びが溢れました。

涙が頬を伝って、こぼれ落ちます。

「あぁ。ラティス。君の優しさや正しさや美しさは、俺の支えだった。君への執着が、俺を生かしてくれた。君と出会っていなかったら、俺は感情のままに人を殺す、ろくでなしになっていただろう」

手を伸ばすと、シアン様が私を抱きしめてくださいます。

青い炎の翼が私を包み込んで、私はいつまでもここにいたいと、このまま時が止まってくれたらいいのにとさえ思いました。

◇◇◇

長い足を組んで執務室にある立派な椅子に座るハロルドの傍《そば》で、ルーベンスは彼の指示を逐一書面に書きつけていた。

国王ハロルドは自分で動くことはない。彼は昔から、その目で見て耳で聞いて判断したことを宰相であるルーベンスに伝えるだけである。

ルーベンス・ルティアスは宰相家に生まれた。宰相とは実質国を牛耳り、国政を肩代わりする存在である。過去の国王たちは国政に興味を持たなかったために、ルティアス家は宰相としてその栄華を極めていた。

だが、ルーベンスは今までの代の宰相たちとは違い、ハロルドの補佐官という役割が強い。

これは、ハロルドが己の意志を強く持った王であったからである。ハロルドの考えははっきりしている。彼が求めるのは力である。すなわち、権力と能力だ。

ハロルドは古い因習を嫌い、古い教典を嫌った。ルーベンスは幼い頃から彼の友人であったので、ハロルドを怖いと思ったことは一度もなかった。だが、保守的な考えに縛られた者たちは、妻を四人も娶《めと》り、幻獣の民であるシアンを平気で取り立てるハロルドを畏《おそ》れ、嫌っていた。

「シアンにナイトの爵位を授けるのですか」

「あぁ。なにか問題が？」

「ラティス姫を授けた時も、スルド家のクルガン殿がうるさかったでしょう。いくつかの家から不満が出ています。それに、辺境伯家からも抗議文が届いていますよ」

「騒がしいことだな」

「特に陛下がシアンを重用するようになってからは、まるで夏の蟬《せみ》のような有様です」

「蟬《せみ》ならば数日もすれば死ぬだろう」

「そうだといいのですが」

ルーベンスはやれやれと首を振った。

幻獣の民であるシアンに爵位を授けるなどは、異例のことである。

ナイトの称号は名誉勲章《くんしょう》のようなもので、爵位といっても一代限りの特殊なものだが、それ故《ゆえ》、その功績が特別に称えられるという意味になる。当然シアンを嫌う貴族たちからの反発は強いだろう。

だが、ハロルドがわざわざそれをするというからには、なにか意味があるのだ。

ハロルドはおそろしく頭が回る。その行動には必ず意味がある。ルーベンスも彼の頭の内を全て教えてもらっているわけではない。

だから、厄介なのである。

ハロルドの考えを察して、予測して、彼の求める行動をしなければ、ハロルドは簡単に『使えない』と相手を判断する。ハロルドの前では、常に百点どころか、百二十点の行動を取らなくてはいけない。

この場合は——どんな意味があるのだろうか。

確かにシアンの力は、すさまじい。人々が幻獣の民を疎《うと》むのは、その人にあらざる力に根幹の部分では恐怖を感じているからに他ならない。

恐れるから遠ざける。恐れるから、区別する。恐れるから、厭《いと》うのである。

ハロルドは、けれどその力を『役に立つ兵器』だと簡単に言う。

シアンの後ろ盾になり騎士団長の座につけさせて、襲撃から敵兵を退けた褒美としてラティス姫を与えた。ルーベンスにとってラティス姫とは、日陰の中でひっそりと咲く花のような存在だった。

ともかく、目立たない。自分の意見を言うこともなく、華やかなハロルドの妹姫たちと比べれば大人しく、なんの特徴もない存在に思えた。

ただ一つ違っていたことと言えば、幻獣の民を厭《いと》わないことだろうか。

その点は、他の妹姫や王子たちとは違う。

ハロルドに、似ている。

シアンに嫁げと言われて、嫌な顔一つせず受け入れたラティス姫。

そして、ラティス姫が欲しいと言ったシアン。

それから——最後まで幻獣の民に王家の血を与えるなどありえないことだと抗議をしていたスルド家と、クルガン。

シアンは隣国ミュラリアの侵略から国境を守り、新たな功績を立てた。シアンがいなければ被害はもっと甚大だっただろう。国境の守りを司るはずの辺境伯家は私腹を肥やすことばかり考えている脆弱《ぜいじゃく》さである。国の一部がミュラリアに切り取られていた可能性もある。

だが、辺境伯家からの抗議の手紙には『シアンは命令に背き、軍を退いた』というようなことがずらずらと書かれていた。ハロルドは笑いながら「ゴミのような文章だな」と言っていたが。

貴族たちの怒りが高まる中で、今回のナイトの称号である。

不満が爆発しかねないが——

「燻《くすぶ》っている火種に自ら油を注ぎ、森を焼こうとするおつもりですか」

「森を焼き払えば新芽が芽吹くだろう。それにシアンがどうするのか、その力量も測れる。不死鳥の炎で森を焼くのか、それともただなにもせずに見ているだけか」

「ご随意に」

ルーベンスは礼をして、ハロルドの前からさがろうとした。

ハロルドは式典の準備を命じるだけだ。その手配や根回しなどは、全てルーベンスの仕事である。

ハロルドは無駄を嫌い、怠慢も嫌う。

命じられたら即日行動し、数日以内には全ての手はずを整えなくてはいけない。

ハロルドが王位についてから、ルーベンスは寝る暇もないぐらいに忙しかった。

「グレースの夫だが。あと数週間もすれば死ぬだろうな」

「そうですか」

「お前にとっては残念か？」

「そうですね、少しは」

グレースはハロルドの妹姫で、ルーベンスの恋人だ。

だが、ハロルドの命令で好色な老公爵に嫁いでいる。

ルーベンスはグレースとの関係を続けていた。

もちろん彼女のことは愛しているが、それに加えてグレースとの密会を老公爵に知られれば処断されるかもしれないという緊張感を楽しんでいた。

歪《ゆが》んでいるのだろう。

だが、ハロルドの傍《そば》で仕事をするという気疲れから、密会の興奮はひとときルーベンスの心を解放してくれていた。

ルーベンスの歪《ゆが》みを理解して、ハロルドはグレースをルーベンスから取り上げたのだ。

そういう人なのである。そこに悪意はない。ただただ冷静で冷酷で、おそろしいぐらいに論理的なのだ。人の心がないと言ってしまえば、それまでなのだろうが。

「グレースを他の男の後妻にしてやってもいい。あれは美しいからな、欲しがる貴族は多い」

「陛下がそのようになさりたいのなら」

グレースは健気なほどにルーベンスを愛してくれている。

ルーベンスは彼女を奪い去りたい気持ちと、密やかな禁忌《きんき》と緊張感を楽しみたい気持ち、相反する葛藤の中にいた。

ハロルドは「お前のその趣味だけは俺にもわからんな」と、珍しく困ったように口にした。

「陛下。一つ疑問なのですが。シアンが陛下を裏切ることはないのですか？」

「ないだろうな」

「何故そう言い切れるのです。あの力は脅威です。飼い犬に手を噛まれるようなことになれば、おそろしい被害が出るでしょう」

「今までは、ラティスという餌《えさ》をシアンの前に吊していた。今は、その餌《えさ》を褒美として与えた。ラティスが俺を嫌い、王座を奪いたいと思わない限りは、シアンは俺の飼い犬のままだろうよ」

それほどまでにシアンはラティス姫を欲していたのか――と、ルーベンスは記憶を辿る。

あの寡黙で真面目な男に、そのような様子は一切なかった。ラティス姫が褒美に欲しいと言うのを聞いた時、ルーベンスは驚いたものだ。

王家との繋がりが欲しいのならば、ラティス姫ではなくもっと権力を持った王妹を欲するべきである。シアンがそこまでラティスに傾倒しているとして、ラティス姫は、ハロルドからなにかを命じられているのだろうか。

例えば、シアンをハロルドに従わせるように仕向けろというような。

「あの大人しいラティス姫に、シアンを操れるものですか？」

「操る？　はは……っ、面白いことを言うな、ルーベンス。ラティスにそんなことはできない。あれは、誰よりも公平な目で人を見ている。それだけだ。だが、そうだな。俺はあの子を大人しいとは思っていない」

ハロルドの声に、ほんの僅《わず》かに情が混じった。

これが、ルーベンスがハロルドの傍《そば》を離れようと思わない所以である。

己の障害になるものや邪魔だと思った者には容赦がないが、情はあるのだ。それは血を分けた肉親への情であったり、シアンやルーベンスといった、彼にとって有益になる者たちへの情であったりする。

その中でも――ラティスに対する物言いは、ハロルドの中での最上級の賛辞だった。

ラティスを信頼しているからこそ、シアンを信頼している。

その信頼があればこそ、ハロルドはシアンを己の兵器として使い続けるのだろう。

では、自分はなにをするべきかと、ルーベンスは考える。

シアンへの勲章《くんしょう》授与で、ハロルドが王位につくまで長い間ルーベンスの宰相家と共に政治の中枢を担ってきたスルド家と、その派閥の森は燃えるのか。

シアンの炎で森を焼くとは一体――

ルーベンスは、ハロルドの前から退室して、頭を悩ませながら回廊を歩いた。

こういう時には、グレースに会いたくなる。会いたくても会えないという状況が、余計に思慕や欲望を燃え上がらせるようだ。

「――ルーベンス」

静かに名を呼ばれて、ルーベンスは立ち止まった。

太い円柱形の柱が立ち並ぶ回廊には西日が差している。窓枠の形に切り取られた西日は、黒い四角形の影をいくつも回廊に浮かび上がらせていた。

柱の陰から幽鬼のように現れた黒い服を着た男が、ルーベンスの腕を掴んで回廊からさらに奥の、薄暗く埃《ほこり》っぽい小部屋へルーベンスを誘った。

窓から差し込む光の中に、埃《ほこり》が粉雪のようにきらきら舞い、輝いて見える。

ルーベンスは服の袖で口元を押さえた。少し、潔癖のきらいがあった。

「なんのご用ですか、クルガン殿」

人目を避けるように黒いローブのフードで髪や目元を隠す男に、ルーベンスは尋ねる。

名を呼ばれたクルガンは、ローブのフードを頭から外した。

現れたのは、銀の髪にアメジストの瞳をした、王家の血筋だとすぐにわかる男である。ルーベンスよりもずっと若い。まだ、二十歳そこそこの年齢だ。

若いが故《ゆえ》に血気盛んで、スルド家の思想をよく継いでいる。それは選民思想とでも言うべきだろうか。貴族と庶民は違う。そして、幻獣の民は人でさえないという考え方だ。

その古い考え方は、ハロルドの思想とは相反するものだった。とはいえ、未だにスルド家の立場は強い。スルド公爵家派閥の貴族もかなり多い。

「ルーベンス。話がある」

「ええ、そうでしょう。このような人気のない場所に連れてくるのですから、まさか逢い引きの誘いでもありますまい」

「くだらない冗談だな」

「冗談はお嫌いですか」

「あぁ。くだらない。だが、お前は道化のふりをしているのだろう？　そうでもしなければ、憎む気持ちが陛下に伝わってしまうからな」

——陛下を憎む。

ルーベンスは、クルガンの言葉を心の中で反芻《はんすう》する。

ここは、話を合わせるべきか。それとも、否定するべきか。

この若い男は、なにをしようとしているのだろう。

「ルーベンス、俺はわかっている。お前は陛下を恨《うら》んでいるだろう。大切なグレース姫を、あの好色なデリック公爵の後妻にされたのだ。お前たちは恋人だったのに、その仲を引き裂かれた」

「……そうですね、ええ。その通りです」

「我らは、仲間だ、ルーベンス」

「仲間……？」

「あぁ。仲間だ。陛下のなさりようは、目に余る。あの幻獣の民を騎士団長の座につかせ、あろうことかラティスをあの男に嫁がせたのだ。どんなに苦しい目に遭っていることだろう。俺はラティスが不憫《ふびん》でならない。お前がグレースを不憫《ふびん》に思っているのと同じように」

密やかだが、熱のこもる声でクルガンは言う。

その美しい瞳は妙な熱を帯びて輝き、本当に——苦しんでいるように見える。

いや、本当に苦しんでいるのだろう。

確かにラティスもグレースも、クルガンの目から見れば不憫《ふびん》でしかないのだろうが。

「陛下は、シアンにナイトの称号を与えるようですよ。戦勝の祝賀会で。その準備を、私は任されました。まったく、嘆かわしいことです。不死鳥の民に、爵位など……」

ルーベンスがそう口にすると、クルガンは大きく目を見開いた。

「ありえない。もし陛下の目が覚めないのならばその時は……。我らの準備はようやく整った。ラティスを先に救おうとしたが、それは失敗してしまった。今度こそは――国を乱す者たちから、我らが国を取り戻す必要がある」

「他にも仲間が？」

「あぁ。多くの者が、俺に賛同してくれている。ルーベンス、お前も共に戦おう」

「お声がけ、嬉しく思います」

ルーベンスは、胸に手を当てて頭を下げた。

なるほど。森が燃えるのかと、思いながら。

ハロルドとシアン。そして、クルガンと貴族たち。

森が焼けたあと、誰がその場所に立っているのだろう。

ハロルドに報告するべきか。だがきっと、ハロルドは謀反《むほん》の動きに気づいている。そして、シアンを試している。

己の猟犬はどの程度頭が回るのか。どの程度役に立つのか、と。

第三章　ナイトの称号

隣国との戦争はおおよそ一年で片づいたが、その後の二年は戦後の処理に追われていた。

ラティスのことがなければ、シアンは今しばらく国境の駐屯地に縛られ続けていただろう。

幻獣の民は数が少ない故《ゆえ》に弱い立場にあるが、聖グラウクス騎士団の団長としてのシアンの立場は弱いわけではなく、かといって王国民から歓迎されているわけでもなく、とても微妙なものであった。

嫉妬と羨望と、信頼と――恐怖。

様々な感情を向けられる中で、シアンは自分の役割を淡々とこなしていた。

他者に対して冷たいわけでもなく、必要以上に優しいというわけでもない。

端的に言えば「なにを考えているのかよくわからないが、強い」というのが一番正しいだろう。

「シアン様が突然、フォルゼウス辺境伯に、『あとはお前たちでなんとかしろ、グラウクス騎士団は十分に戦った。ミュラリアの兵が怖いという理由だけで何年も辺境の地に留まるわけにはいかない。俺たちはフォルゼウス様の私兵ではないのだ』と言って軍を引き上げさせた時には溜飲が下がりましたね」

副団長のクラーヴには、ラティスと共に過ごすためにしばらく休暇をもらうと伝えていた。

ラティスがウェルゼリア家から出たことが兵を引き上げた理由ではあったが「グラウクス騎士団がいなくなれば、いつまたミュラリアが攻めてくるかわからん」と言われ、フォルゼウス辺境伯に駐屯の要請をされ続けてきたのだ。

シアンやクラーヴをはじめとした騎士団の者たちが傷ついた兵や人々の手当てや、建物や道の補修、炊き出しに加えて、ミュラリアとの話し合いなどの戦後処理に奔走《ほんそう》する間、フォルゼウスは中央から送られてくる国費の一部を着服して、私服を肥やしていた。

それでも、相手は辺境伯だ。

騎士団には貴族出身の者もいたが、騎士の立場は貴族に比べて強いものではない。

おおよそのことが終わり、本来なら辺境伯が請け負う仕事まで肩代わりをし——それでもシアンは、粛々《しゅくしゅく》と、命令に従い続けていた。

少しでも反抗したとみなされれば、それを理由に引きずり下ろされないとも限らない。

せっかくラティスを手に入れることができたのだから、それは避けたかった。

そう思っていたが、ラティスを連れ戻すために王都に戻るのに、部下たちを置き去りにしてはいけない。

もう潮時だと考えて、クラーヴが言ったそっくりそのままの言葉を、辺境伯へ告げたのだ。

辺境伯は青ざめ、それから顔を赤くし、激昂し、なにかしらを叫んでいたが、シアンは部下たちに王都への帰還を命じたのである。

国王へは、根回しのために魔力の鳥を使い手紙を飛ばした。

シアンの働きを国王は評価している。幻獣の民としては嫌われてはいるものの、王国の守護のためにはなくてはならない存在だと思われている。

そのぐらい、働いてきた。

シアンはそれを理解していたため、シアンの行動は咎《とが》められることはなかった。

「その後、問題はなかったか」

「もちろん。つつがなく、順調ですよ。僕も皆も、久々の王都を満喫しています。全く留守にするわけにはいかないので順番に休暇を与えて、家族や恋人のもとへ帰らせています。戦帰りの兵士は、女に飢えると碌《ろく》なことをしませんからね」

騎士団本部の執務室で、シアンが不在の間を任されていたクラーヴは、人好きのする明るい鳶色《とびいろ》の瞳と赤毛の男である。

シアンよりも若く、剣の腕は人並みだが、管理業務に長《た》けた文官のような男だ。

組織が大きくなれば、ただ戦うことができればいい、というだけではなくなる。

クラーヴのような頭のいい男は重宝された。

新しく家に住むようになったフェルネも、本を読むのが好きなのだという。

騎士団に入ったとしても剣以外で役に立つ方法もあると、クラーヴを眺めながらシアンは考える。

それをフェルネが望むかどうかはわからないが、幻獣の力を持ち身を立てるとしたら、騎士団に入ることが一番早い。

「それで、本題ですが。此度《こたび》の戦でも誰よりも武勲《ぶくん》を立て、ミュラリアの侵略を退けたシアン様に、勲章《くんしょう》を与えるための戦勝の祝賀会を城で行うそうです。今度の仕事は、貴族の集まる祝賀会の警備というわけです」

「また、か」

「もっと喜んでくださいよ。シアン様は勲章《くんしょう》をもらうんですから。主役ですよ」

シアンは軽く頷《うなず》いた。

勲章《くんしょう》を与える理由は、シアンが国王に忠誠を誓っていることを貴族たちに知らしめるためである。シアンというおそろしく強い犬を飼っていることを、見せびらかすのだ。

そうすれば――貴族たちは国王を恐れ、叛逆《はんぎゃく》の芽を摘むことができる。

「それで、いつだ？」

「準備に半月ほどですね。まぁ、半月もあれば兵たちをそれなりに休ませることができますから。ちょうどいいぐらいです」

「私の不在の間、全てを任せてしまってすまないな、クラーヴ」

「いいえ、構いません。僕はシアン様がいなければ、戦場で死んでいたでしょうから。他の者たちはともかく、僕はあなたに忠誠を誓っていますよ。なんなりと、ご命令ください」

クラーヴはシアンに向かい、騎士の礼をした。

戦場向きでないクラーヴも戦場に駆り出される。騎士なのだから、当然だ。

部下を守ることも騎士団長の務めである。クラーヴは役に立つから、余計に失いたくないと考えていた。

クラーヴも、フェルネも。役に立つものは、いや、立たないものでも、自分の庇護下にあるものは、守る必要がある。

確かにシアンは、敵兵の槍に貫かれそうになっていたクラーヴを助けた。

それはシアンにとって、ごく当たり前のことだったのだが、クラーヴは必要以上に感謝をしているようだった。

シアンにとっては、ラティスだけが自分の全てだ。

全ては、ラティスと共にいるための副産物に過ぎない。

そう思っていたが、クラーヴに信頼されるというのは、そう悪いことではない。

(それにしても。祝賀会、か。クルガンは来るだろうか)

クルガンの思惑がどうであれ、もう二度と、ラティスやウェルゼリア家に手出しできないようにしなくてはいけない。

「クラーヴ。祝賀会の警護はいつもより手厚くしろ。フォルゼウス辺境伯と、スルド公爵の動きに気をつけておけ」

「なにか、ご懸念《けねん》があるのですか？」

「辺境から、俺の一存で軍を引き上げただろう。おそらく不満が溜まっている。スルド公爵は、私が姫をもらい受けることに最後まで異を唱えていたようだ。私は幻獣の民だからな」

クルガンがラティスに手を出そうとしていたことは、伏せた。

クラーヴは頭の回転が早い。全て伝えずとも、理解するだろう。

「心得ました」

仕掛けてくるとしたら、祝賀会での可能性が高い。

オレンジットとフェルネを、シアンは匿《かくま》っている。おそらくクルガンは焦っているだろう。計画では、既にラティスを手中に収めているところだったのだ。

次はどうするかと、シアンはクルガンの立場になったつもりで考える。

幻獣の民を武力で屈服させることは不可能だ。

シアンの力を知らないほどに、愚かではないだろう。

だとしたら――

「こちらも、準備をしておかなくてはな」

小さな声で呟く。可能性の芽は摘んでおかなくてはいけない。

◇◇◇

吹き抜ける風が心地よい、よく晴れた昼下がり。

お庭でフェルネが模造刀を持って、ヨアセムさんと対峙《たいじ》しています。

「たぁ！」

気合の入った可愛らしい掛け声とともに、フェルネがヨアセムさんに打ち込んでいきます。

ヨアセムさんは軽々とフェルネの攻撃をかわすと、手にしている細い杖で模擬刀の先を軽く打ちました。

それはヨアセムさんがいつも持ち歩いている仕込み杖です。

一見杖に見えるのですが、実は剣なのです。

以前ヨアセムさんに「どうして杖を持っているのですか？　お体が悪いのでしょうか」と尋ねたら、「これは剣なのですよ、ラティス様。腰から剣をさげているよりも、杖を持っていたほうが相手が油断しますからね」と教えてくださいました。

剣を抜かずに杖だけで模造刀による攻撃を軽々と受けて、ヨアセムさんは杖でフェルネの頭をぽんっと軽く叩きました。

「まだまだだな、少年。シアン様の片腕になりたいのなら、頑張らないとなぁ」

「はい！」

フェルネが元気よく返事をするのを、私とシアン様はお庭のテラスにある椅子に座って眺めています。

外用の籐の椅子の傍《そば》には、白い日除けも準備されています。

日除けのおかげで私の座る場所は日陰になっていて、涼しい風が髪をさわりと揺らしました。

こうしてゆったりと、シアン様と一緒にお外でアフタヌーンティーの時間を過ごすことができるなんて。とても、幸せです。

私の傍《そば》にはアルセダさんが控えてくれています。

オランジットさんもフェルネの様子を見たいのではないかと心配になったのですが、アルセダさんが「四六時中母親が傍《そば》にいなくてはいけないほど、フェルネは幼くありませんよ」と、困ったように笑っていました。

テーブルの上のケーキスタンドには、可愛らしいチョコレートや、クッキーやマカロンなどが用意されています。

私は紅茶を、シアン様は樽酒を紅茶で割ったものを飲んでいます。

幻獣の民はお酒に酔わないそうです。これは体に流れる魔力がお酒のアルコールを消してしまうからだと言われています。

その代わり、幻獣の民を酔わせるには、月下鈴蘭の香を焚《た》くのだそうです。

月下鈴蘭とは、月明かりの下でのみ花を咲かせる、高山に生える植物です。古《いにしえ》の時代、幻獣たちが好んで食したという言い伝えが残っています。

幻獣たちも、月下鈴蘭を食べてお酒に酔う感覚を味わったのでしょうか。

月下鈴蘭はとても希少な花ですから、滅多に手に入ったりはしません。私は、見たことがありませんでした。

シアン様は月下鈴蘭に酔うと、どうなるのでしょう。少し、興味はありました。

いつも落ち着いて、あまり感情的にならない方ですから。

大声で笑ったり、泣いたりするのでしょうか。

私はそんなことを考えながら、シアン様にちらりと視線を送りました。

昼下がりの明るい光に照らされるシアン様の艶《つや》やかな黒髪に、天使の輪ができています。

髪も体も熱心に手入れをされているわけではないのに、いつも美しくていらっしゃいます。隣にいると気後れしてしまうほどに美しい方なのですが、私のことを欲してくださった理由を知った今は、なんだか以前よりも心が満たされているような気がします。

理由もわからずに欲していただいた時よりも。

私を——見初めてくださった。シアン様が見ていてくださった。

そう思うほどに、安心感とでもいうのでしょうか。

私はもう、大丈夫だと。不安に襲われることなどないのだと、思うことができるのです。

「フェルネは、戦うことが嫌いなのにシアン様の片腕になりたいのですか？」

はぁはぁと、膝に両手をついて息をしているフェルネの様子を眺めながら、私は首を傾《かし》げました。

「そうらしいな」

「拾われた恩を感じているんですよ。あとまぁ、純粋に、シアン様は格好いいですからね！　俺も昔は、シアン様に憧れたものです。もちろん今も、尊敬していますけれどね」

ヨアセムさんが明るく笑います。

「俺は特になにもしていない」

「昔からこうなんですよ。俺もアルセダもシアン様に命を救われたってのに、なにもしていないって。俺たちはシアン様のためなら命を落とす覚悟はいつでもできています。もちろん、ラティス様のためにも」

「はい」

アルセダさんがためらいもせずに頷《うなず》くので、私は目を丸くしました。

穏やかな時間を過ごしていたはずなのに、命のやりとりの話になってしまいました。

そうした環境に、今まで皆さんがいたということなのでしょう。

驚きの後に悲しさが、岩の隙間から染みてくる湧水のように心に溢れました。

「お二人とも、きっともう大丈夫です。おそろしいことは起こりません。……私に皆を守れるぐらいの、力があればよかったのですが」

これでも王族です。けれど、私に王族としての力はありません。

私にハロルドお兄様のような力があれば皆を守れるのにと、歯がゆく思います。

「ラティス様、申し訳ありません」

「ラティス様、余計なことを言いました」

「いえ、そんなことは……」

「ラティスは――皆を守りたいのか」

シアン様に問われて、私は頷《うなず》きます。

「はい。もちろんです。アルセダさんたちも、それからシアン様も。私の大切な、家族ですから」

仮にも王族なのに、なんの権力も持たずに役に立てないことが情けないのですけれど。

シアン様は私の手に、自分の手を重ねて優しく握ってくださいました。

「俺が、皆を守ろう。ラティスが大切だと思うものは、俺が全て」

「シアン様もです。シアン様ご自身のことも」

「あぁ。もちろん。君が傍《そば》にいる幸せを、迂闊《うかつ》に投げ出したりはしない。俺は、君のために生きている」

「私も、あなたのために。ずっと元気でいますね。やっと、心が通じたばかりなのですから」

「……君にそう言われると、嬉しいものだな」

シアン様は優しく微笑んでくださいました。

それから、椅子から立ち上がります。

「フェルネ。もう、限界か」

「まだまだ、大丈夫です、シアン様」

「では、俺が相手をしよう。お前は、幻獣の力の使い方を覚えるべきだな。人狼種は俊敏で力が強い。力を使いこなせれば、その年齢でもヨアセムと同等に戦うことができる」

「本当ですか……⁉」

「もちろん、騎士団で働くにも戦いばかりが全てではない。賢い者は重宝される。だが、自分の身を自分で守ることができる程度には、なっていたほうがいい。そうでなければ、差別種として蔑《さげす》まれて虐げられるだけだ」

「僕、頑張ります。なんでもします、シアン様。母さんを守るため、大恩あるシアン様とラティス様の役に立てるような、男になるために」

「では、剣を置け。素手でかかってこい」

シアン様はフェルネの前に立ちました。

フェルネは神妙な顔で頷《うなず》いて、両手を握りしめて構えを取ります。

青い炎が、シアン様の体に一瞬纏《まと》わりつくようにして立ちのぼり、消えていきました。

「いきます！」

フェルネが向かっていくのを、シアン様は片手で受けました。

もう一方の手は炎を纏《まと》い、その手でフェルネの胸を軽く押すようにします。

フェルネはそれだけで弾き飛ばされて、お庭の草むらへ転がりました。

「軽く、魔力を流した。体に魔力を集中させて発露する。巡る魔力が制御できるようになれば、息をするように簡単に行うことができる」

「……っ、はい……っ！　練習、します……！」

「アルセダ。傷の治療をして、休ませてやれ」

「はい」

「ヨアセム、しばらくラティスと二人に。庭に誰も来ないように、他の使用人たちに伝えておけ」

「御意に」

シアン様に命じられて、ヨアセムさんが動けないフェルネを担ぎ上げて、アルセダさんと共に下がっていきます。

二人きりになったお庭で、私はしばらく椅子に体がくっついたように動けませんでした。

シアン様が軽く乱れた髪をかきあげて私に視線を送ります。

目が合った途端、私は金縛りから覚めたように立ち上がるとシアン様に駆け寄って、その手を取りました。

シアン様は少し驚いたように目を見開いて、それから優しく目を細めました。

握った手を引き寄せて、抱きしめてくださいます。

「どうした、ラティス。フェルネを傷つけるのではないかと、心配したか」

「違います、そんなふうには思いません。シアン様が、フェルネのことを考えてくださっているのが、なんだか嬉しくて。フェルネを思うからこそ、鍛錬をしてくださったのですよね」

「そうする必要があったから、そうした。それだけだ」

「ふふ……」

私は、思わず笑ってしまいました。

だって、それは――

「ヨアセムが言っていました。シアン様のそういったところが、格好いいって」

「……大袈裟《おおげさ》だろう」

「そんなことはありませんよ。シアン様、私、少しシアン様がわかってきた気がするのです」

「俺が？」

「はい」

私は、シアン様の胸に頬を押しつけるようにして、くすくす笑いました。

シアン様のことを好きだという気持ちには偽りはないのに、今まではどこか緊張していたのです。

それは多分――シアン様がどうして私を欲してくださっていたのかわからないという、自信のなさからだったのでしょう。

今は違います。

シアン様が私を大切に思ってくださっているのがわかる。

私を、認めてくださっているのがわかる。

だから、今までの気後れが嘘のように、心が軽いのです。

「シアン様にとってはなんでもないことは、とても特別で、すごいことなのですよ。例えば、ヨアセムさんとアルセダさんを助けたこと。私を――見ていてくださったこと。オランジットさんやフェルネをここに置いてくださっていること」

「オランジットたちについては、君が望んだからだ。そうじゃなければ、置いたりしない」

「本当に嫌ならたとえ私がお願いしても、使用人として家に置いたりはしなかったのではないでしょうか。それに、シアン様は自ら進んでフェルネの相手をしました。私は、それはシアン様の優しさだと思っています」

「俺は優しい男ではない」

「私には優しいです」

「だとしたら、それは君が俺に優しいからだろう。人は鏡だと、どこかで聞いた。君は、どこまでも優しい。だから俺のような酷い男が、君に優しくすることができる」

シアン様もヨアセムさんたちも、それからオランジットさんたちも。

私の知らない景色をたくさん見てきたのでしょう。

綺麗事だけでは生きることができなかったことぐらい、私にもわかります。

それでもここにいてくださることが、私の傍《そば》にいてくださることが。

まるで、奇跡みたいに幸せだって、思えるのです。

「過去がどうであれ、今は、シアン様は騎士団長としてこの国を守ってくださっています。シアン様が私を連れ戻してくださらなかったら、私は今頃どうなっていたか……」

「そのことだが、ラティス」

「はい」

「城で、先の戦争の勝利の、祝賀会が行われる。君も参加することになるだろう」

「シアン様は表彰されるのですよね。ヨアセムさんが喜んでいましたよ」

私はシアン様を見上げて微笑みました。

そういったことにあまり興味のなさそうなシアン様ですが、夫が表彰をされるというのは喜ばしいことです。

「もう伝わっていたか」

「詳しいお話は聞いていませんけれど。でも、勲章《くんしょう》授与があるのでしょう？　おめでとうございます、シアン様」

「そのことについては、どうとも思っていない」

私は再度くすくす笑いました。

想像した通りの答えが返ってきたからです。

「俺が勲章《くんしょう》を受けると、君は嬉しいのか？」

「もちろん。それはおめでたいことですから。でも」

「でも？」

「悩ましいです。……私にとっては、シアン様が勲章《くんしょう》をもらうことよりも、シアン様が危険な場所からご無事に帰ってきてくださることのほうがずっと、大切なのです」

シアン様は私を抱き上げてくださいました。

それから、お庭奥にある庭園へ連れていきます。

背の高い木々には、りんごやレモンがなっています。私も時々、アルセダさんと一緒に花を植えたりします。

「……花が増えたな」

「はい。シアン様がご不在の間、少しずつ増やしたのですよ。木は、元々あるものでしたけれど。手入れをしたら、実がなるようになりました」

「君が庭の手入れを？」

「ええ。好きなお花を好きなように植えることができる。誰も私を咎《とが》めません。それがとても、嬉しいのです」

「ラティスは花が好きなのだな」

「はい。植物を見ていると、心が落ち着きます。シアン様は、お好きではないですか？」

「俺が好きなものは、君だけだ。他は、興味がない。だが、君が好きな花だと思えば、確かに安らぐ気がするな」

「嬉しいです。ここはシアン様の帰る場所ですから、シアン様を迎えることができるように、いつでも綺麗にしておきたいと思っています。花が枯れる前に摘んで、乾燥させてドライフラワーを作るのです。アルセダさんと一緒に」

シアン様がご不在の三年で、私はアルセダさんと一緒に花を育てて、果実を育てました。

あまり手入れされていなかったお庭は、以前より華やかになったかと思います。

アルセダさんも「花を育てるのは初めてです」と、嬉しそうにしていました。アルセダさんの笑顔が嬉しくて、一日、お庭で土を触っていたこともあります。

ヨアセムさんには「ラティス様が土を触るなんてとんでもない」と心配されましたが、私はとても楽しかったのです。

「ドライフラワー？」

シアン様が不思議そうに尋ねました。シアン様になにかを教えてさしあげることができるのが嬉しくて、いつもよりも声が弾んでしまいます。

「はい。市場で売ってもらうのですよ。そのお金で、新しいお花を買います」

「家の金は、君の好きに使っていい」

「ですが、私も少しは役に立ちたいのです。それに、楽しいですから」

りんごやレモンも、食べきれないものは売ってもらっています。

シアン様のお給金に比べると雀の涙ほどの金額ですけれど、それでも新しい花を買う足しにはなるのです。

「俺は、君と話すのが楽しい。君の全てが眩しく、愛しい」

シアン様は静かな声音でそう言いました。

「俺の不在だった三年の間、君と過ごしていたヨアセムとアルセダが、羨ましい」

「私は……シアン様がご不在の間、少し、寂しかったです。ご無事をずっと、祈っていました。ご帰還されたら、お帰りなさいと言って、それで、抱きしめていただきたいと思っていました」

穏やかな再会には、なりませんでしたけれど。

でも、シアン様の強い愛情を感じることができて、今は、あの淫らな日々さえ愛しく思うのです。

「俺もずっと、君を抱きしめたかった。抱きしめて、口づけて、君の肌に触れて――君を穢《けが》したいと。ずっと、考えていた。それが叶った今も、欲望は果てしない。いつでも君に触れて、本能のままに犯して、どこにも行かないように閉じ込めてしまいたいと思っている」

「シアン様……私、困ります。私も、そうしていただきたいと、思ってしまうのです」

私はシアン様の首に、縋《すが》るようにぎゅっと抱きつきました。

すぐに、淫らな気持ちになってしまうのです。シアン様の言葉が、いつもしていただいている気持ちいいことの記憶を呼び覚ますようでした。

「愛らしいな、俺のラティス。本当に、君が愛しい」

「私も、あなたが大好きです」

こうして、気持ちを伝え合うことができる。それは、どんなに幸福なのでしょう。

寂しさと悲しさでいっぱいになりながら、王都の門を見上げたあの日を、思い出します。

誰にも必要とされず、私は一人きりだと。

もう、あの時の私はどこにもいません。シアン様に愛していただいて、信頼できる方々に囲まれて、私は恵まれています。

シアン様は私を、お庭の奥にある休憩用の東屋の長椅子に降ろしてくださいました。

長椅子にはあでやかな赤い布が敷かれています。

人払いをしたからでしょうか、とても静かです。青い空には、白い雲が風に吹かれて、次々と形を変えていきます。

シアン様は私の隣に座って、私の手をそっと握りました。

握った手を引き寄せて、指先に口づけてくださいます。

「式典には、おそらくクルガンも来るだろう。君の兄姉たちもいるだろう。だが、俺が君を必ず守る」

クルガンお兄様のことを思い出すと、背筋が冷たくなります。

そして——私が幻獣の民を救った日から、私を嫌悪して、話しかけてもくれなくなった姉兄たちにまた会うのかと思うと、緊張で息苦しくなるようでした。

けれど、私は。

怖くありません。大丈夫です。だって、もう、一人ではないのですから。

「はい、シアン様。私、不安なことなんてなにもないのです。皆の集まる場であなたの隣に立てるのが、嬉しい。誇らしく、思います」

本当に、そう思います。

もちろん、私たちに向けられる視線は厳しいものになるでしょう。幻獣の民であるシアン様と、誰にも相手にされなかった七番目の姫なのですから。

けれど、不躾《ぶしつけ》で不愉快な視線を向けられても、私はきっと、堂々と前を向くことができます。

シアン様と私の愛は、誰に恥じるものでもないのですから。

「俺は、君に愛されているのだな」

シアン様は少し戸惑ったようにそうおっしゃいました。それから、私に覆いかぶさるようにして口づけてくださいました。

唇がかすかに触れて、離れていきます。

その優しさに、甘さに、私の体は僅《わず》かに熱を帯びました。

シアン様はもう一度私と唇を合わせて、こつんと額を合わせました。

珍しい、甘えるような仕草に、胸の奥がきゅっと軋《きし》みます。

年上の男性に甘えられるというのは不思議なものですけれど、可愛らしい気がします。

私はシアン様の艶《つや》やかな黒髪に指を通しました。

丸みを帯びた綺麗な頭の形にそって、優しく撫《な》でました。

「帰る場所があるというのは、幸せなことだな。こんな気持ちになったのは、初めてだ」

「シアン様には、ヨアセムさんたちがいたのに？」

「君は俺を冷たい人間だと思うかもしれない。だが俺にとっては君だけが特別で、それ以外は——皆同じだ」

「冷たいとは思いません。それほど私を想ってくださって、ありがとうございます。私には、もったいないことですけれど、嬉しいです」

シアン様はだからといってヨアセムさんたちに冷たくしたりはしません。

同じと言っているけれど、多分同じではないのだと思います。

ただ、私を特別に思ってくださっている。それはとても深く激しく、伝わってきますから。

私はそれを、嬉しく思うのです。

「心の底から欲しいと思ったのは、そして今でも欲しいと思い続けているのは、君だけだ、ラティス。君を見つけて、俺は生きる目的ができた。この立場も。国を守るために働くのも、全ては君のため」

「シアン様がいらっしゃるから、多くの民が平穏な毎日を過ごすことができます。それが私のためなのでしたら、私はいつまでも健やかに、あなたの傍《そば》に」

「あぁ。そうしてくれ。君がいなければ、騎士団になどいる理由はなくなる」

「……先ほど、思ったのです。フェルネの相手をしていたシアン様を見て。きっとシアン様は素敵なお父様になります。私……」

私はシアン様の瞳をじっと見つめました。

「あなたの子供が欲しいです。たくさん、欲しい」

「俺の子は、幻獣の民かもしれない」

シアン様がそんなことを気にしていらっしゃるのが、意外でした。

いつも堂々として、自信に満ちていらっしゃいますから。

けれど、それはそうなのでしょう。幻獣の民はそれほど、苦しい思いをして生きているのです。

私は、シアン様の手を強く握りました。私の気持ちが、届くようにと。

「そうだとしたら、とても嬉しいです。シアン様が勲章《くんしょう》を得て、私たちの子供が大きくなる頃には、幻獣の民に対する差別もきっとなくなっていると……そう信じたいのです。私も、努力しますから」

「幻獣の民という理由で、俺は捨てられた」

「私はシアン様を愛しています。私たちの子が幻獣の民だとして、私はその子も愛します。私は不思議な力が使えなくて、シアン様は使えます。けれど、私はドライフラワーを作ることができますし、お庭の手入れもできます」

それは才能とさえ言えませんし、そんなことしか思いつかないのが、少し情けないのですけれど。

それでも——少しのお金になりました。アルセダさんは楽しいと笑ってくれました。ヨアセムさんは、アルセダさんが嬉しそうな姿を見て、喜んでくれたのです。

「多分それは、シアン様には、できませんでしょう?」

「そうだな。俺は君のように花を育てることはできない。きっと全て枯らしてしまうな。ドライフラワーも作ったことがないし、作り方も知らない」

シアン様は珍しく、口元に笑みを浮かべてくださいました。

普段はあまり笑わないシアン様の微笑みは、とても美しいものでした。

きっと、私の気持ちが伝わっている。

そう思うと、なにも怖くないのです。少しの情けなさも、気にならないぐらいに。

言葉に自信を持つことができるようでした。

「シアン様にはできて、私にはできないことがあって。私にはできてシアン様にはできないことがあります。けれど私たちは同じ言葉で話して、同じように感情があって、人を愛することができます。私たちは、同じです」

シアン様は繋いでいた私の手を引くと、力強く抱き寄せました。

この国の多くの人々が幻獣の民を恐れ、蔑《さげす》み、目を背けるとしても。

そうではない人もいるのです。私はシアン様を愛しています。オランジットさんも、フェルネを愛しています。

綺麗事かもしれません。

それでも私たちが堂々と愛し合うことで、変わることもあると願っています。

けれど――

「シアン様。私は……頑張りたいと思うのです。シアン様やフェルネや、それから私たちの子が幻獣の民だとしても。皆に愛されるように、皆を愛することができるように。私たちの愛が実を結んで、この国のかたちを変えてくれるはずです。私も、努力しますから。きっと、変えていけると、信じています」

――なにかが変わることを願っているだけでは、足りないのかもしれません。シアン様が私を手に入れるために、騎士団長の座に登り詰めてくださったように。私も、努力しなくては。

なにができるのかはわからないですけれど、それを皆で考えていきたいのです。

私は役立たずの姫でした。けれど、いつまでもそのままではいけないのだと思います。

シアン様やヨアセムさんたち、オランジットさんやフェルネを、私も守れるように。

いつか生まれてくるシアン様の子を、守ることができるように。

シアン様はなにも言わずに、私をきつく抱きしめました。

しばらくそのまま、じっと動かないシアン様の胸に、私は自分の頬を寄せました。規則正しい鼓動の音が聞こえて、目を伏せます。

シアン様の腕の中は、安心できる場所です。私の想いを受け止めてくださったようで、私は間違っていないのだと伝えてくださっているようで――嬉しい。

「ラティス……抱きたい」

「ここで……？」

「人払いをした。誰も来ない」

「シアン様、お部屋に……」

「俺の子を、孕《はら》んでくれるのだろう？」

掠《かす》れた淫らな声でそう囁《ささや》かれると、腰から力がくたりと抜けてしまいます。

服の上から下腹部にある印を撫《な》でられると、すぐに、発情してしまうようでした。

体があつくてぼんやりして、シアン様に対面するようにして抱き上げられると、スカートの下で布地越しにシアン様の硬いものが私の秘所に当たるのを感じました。

「ぁ、は……ぅ」

「可愛い声だな。もう、発情した？」

「シアンさま……」

「ラティス。腰が揺れている。もっと、擦りつけて。君の気持ちいいところを、そう、上手だ」

「っ、あ……っ、んん」

膨らんだ花の芽に、昂《たかぶ》りが当たるのが気持ちいいのです。

私は、シアン様の首に手を回して、腰を揺らめかせました。

いけないとわかっているのに、シアン様の言葉に体が従順に従ってしまうようでした。

度重なる情事の中で、私はすっかり、淫らになってしまっています。

シアン様の言葉に従うと気持ちよくなれるのだと、記憶の中に刻まれているようでした。

それは決して、嫌なことではありません。

激しい羞恥心と、それから心の底にこびりついた禁忌《きんき》は消えていきませんけれど。

でも、私はシアン様が好きなのです。ひどいことも、気持ちいいことも、していただきたいぐらいに。

「ふ、ぁ……あ」

「ラティス、良い子だ。俺の子を、産んでくれるのだな」

「はい、シアン様……っ、私で、よければ……」

「俺は君しかいらない。だが、君との子なら欲しいな」

「嬉しいです……」

「幻獣の民は、子を成しづらい。だから、頑張ってくれるか、ラティス」

「頑張ります……私、頑張ります、ね、たくさん……っ」

深く唇が重なって、舌が私の口の中を舐《ねぶ》ります。余すところなく舐《ねぶ》られて、舌をくちゅくちゅと擦り合わせました。

シアン様の手のひらが少し強引に私の服の上から胸を掴み、こねるように揉《も》みしだきます。

指先が胸の先端に擦れるたびに腰の辺りがじんじんして、滴る愛液が下着に染みを作りました。

「あっ、んぅ、んっ、ん……っ」

「ラティス、舌を出せ」

「ふぁ……」

言われるままに舌を差し出すと、甘く噛まれます。

私はびくびくと体を震わせながら、軽い絶頂を迎えました。

少し痛くて、でも、気持ちいいです。

長い指先が器用に布の上から胸の頂を摘んで擦り上げて、私は切なく眉を寄せながらシアン様の服をぎゅっと掴みました。

布地の上からの刺激は甘く、切なく、物足りなさを感じるものでした。

胸の先端がじんじん痺《しび》れて、体がぞわぞわして。

シアン様の昂《たかぶ》りに膨らんだ花の芽を擦るたび、閉じた瞼《まぶた》の裏側がちかちかしました。

それでも、もどかしくて、足りないのです。

「あ、はぅ、ふ……っ、あぁ、あ、シアンさま、シアンさまぁ」

「すっかり淫らになったな、ラティス。最初から君は、淫らだったか」

「ごめんなさい……っ、私……」

「謝らなくていい。俺は、淫らな君が好きだ。君が俺を欲してくれると、満たされる」

「ふぁ、ああ……ん、ん……っ」

片手で私の腰を掴んで、シアン様は私の秘所を下から突き上げました。

まだ中に入っていないのに、まるで情交をしているみたいに体が錯覚して、お腹の奥が切なく疼《うず》きます。

「あっ、あっ……はぁ、ん……っ」

「ラティス、これだけで達してしまいそうだな」

「ぅん……っ、気持ちい、です、しあんさま、きもちい……」

「素直で、良い子だ。だが、まだ駄目だ。我慢していろ、ラティス」

「っ、はい……我慢、します……ね、気持ちいいの、我慢、します……」

「あぁ、えらいな」

シアン様は私のドレスの胸の部分に指をかけて、やや強引に前をくつろげました。

下着に包まれた両胸がまろびでて、外気に触れます。

下着もずらされると、両胸の突起がつんと上を向きました。

指先で擦られて赤く膨れた胸の突起の周囲を、くるりとシアン様の指が撫《な》でます。

「あ、あ……」

「舐《な》めてほしい？」

「うん……」

「君の望みは、なんでも叶えてやりたい。赤く腫れて、美味《おい》しそうだな、ラティス」

「ひ……っ、んん……」

ぬるりと、腫れた胸の突起に舌が絡みつきます。

舌先でちろちろと舐《ねぶ》られて、ねっとりと舌が絡まり、強く押し込むようにされると、背中を何度も淫らな快楽が走り抜けました。

腰のあたりがざわついて、お腹の奥がきゅうっと甘く痺《しび》れます。

反対側の胸の飾りもこりこり指先で押し潰すようにされると、私はもう駄目でした。

背中が弓形に反り、どうにもならない絶頂感に襲われてしまうのです。

「あ、あっ、ゃあああっ、つよい、の、シアンさま、ぐりぐり、だめ……っ」

「ラティス、まだだ」

「やぁあう……っ、いっちゃう、いく、シアンさま、いきたい……っ」

「まだ、我慢して」

達する直前で、胸から唇が離れました。

目尻に溜まった涙が、ぽろぽろと溢れます。

いけと、命じてくだされればすぐさま絶頂を迎えることができるのに。今日のシアン様は、そうしてくださいません。

涙目で詰《なじ》るようにその顔を見上げると、シアン様は愛おしそうに私を見て、微笑んでくださいました。

「あまり幾度も達していると、途中で疲れてしまうだろう、ラティス。今日は中だけで、果てようか。一緒に」

「は、はい……嬉しいです」

「だから、もう少し頑張ろうな。君が俺を受け入れても、痛くないように」

「私、もう大丈夫です……だから」

「君の中はいつも、狭い。俺は君を傷つけたくない。だから、もう少し」

シアン様は私を長椅子へ寝かせました。

東屋の周囲は壁に覆われていて、窓の部分にはぽっかりと穴が空いています。

入り口には壁がなく、そこからの切り取られた庭の景色を楽しめる作りになっています。

花々や木に覆われた小道は、私たちが辿ってきたものです。その先、木々の向こう側にはすぐに屋敷があって、屋敷では皆が働いています。

体に当たる風や、陽光、木々のさざめき、花の香り。そういったものを感じると、ここが屋外だと、改めて実感してしまいます。

私は恥ずかしくて、両手で口元を覆いました。

シアン様は私の足を大きく開かせました。

すでに濡れている下着が、シアン様の眼前に晒《さら》されてしまいます。

風が体に触れるたびに、ひんやりして。とても、恥ずかしいです。

「シアン様、私、恥ずかしいです……」

「俺に擦りつけて、こんなに濡らして。可愛い」

「ぁ、は、ぅ……っ、あぁ、ん……っ」

ちゅるりと、下着の上からその場所を吸われると、腰が浮きました。

指で下着をずらされて、膨らんだ陰核に舌が這《は》います。

脳髄が痺《しび》れるような快楽が体中を走り回り、私は首を振りました。

「あっ、あっ、やだぁ……っ、シアンさま、気持ち、い、いいの……っ、だめです、いってしまいます、から……っ」

「我慢していろ、ラティス」

「ひ……っん、ん……っ、あぁ、ああ……っ」

いきたい。でも、我慢しなきゃ。

シアン様の言うことを、ちゃんと、聞きたい。

私は、良い子だと褒められたいのです。

愛液が次々と溢れてくる蜜口に、長い指が差し入れられます。

太くて硬いものが入ってくる異物感と、充足感に、私は腰を揺らめかせました。

「あぁ、ゃう……っ、だめぇ……っ、そこ、こりこり、だめです……っ」

「ここが好きか、ラティス」

「好き、すき……きもちいです、ゆび、気持ち……っ」

浅いところの裏側の膨らみをぐちぐちと押し上げられると、今まで以上の快楽が波のように押し寄せてきます。

両手で口を押さえているのに、ひっきりなしに嬌声《きょうせい》が溢れてしまいます。

こんなところで、こんな姿を晒《さら》して。いけないのに。

気持ちよくて、嬉しくて。

舌先で陰核をぬるぬると舐《ねぶ》られると、シアン様のこと以外、なにも考えられなくなってしまうようで。

それがすごく、幸せなのです。

尖《とが》った舌先が陰核から離れて、下腹部の印に触れました。

軽く歯を立てられて、ゆっくりと舌で辿るようにされると、新しい愛液がとろりと流れ落ちます。

私の中をかき回すシアン様の指が、ぐちゅぐちゅと音を立てます。

中をざりざりと撫《な》でられて、押し上げられると、全身がぞくぞくして。

我慢するために指を噛みましたがとても、限界で。腰が逃げるように浮きました。

「しぁ、さ……っ、もぉ、っほし、いの……っ、しあんさまぁ……っ」

「いきたい？」

「いきたいです、いきたいの、一緒に……っ」

私はもう限界でした。

高められた熱が弾けてしまいそうで。

けれどそれは、シアン様の言いつけを守れないことになります。

だから、我慢しなきゃ。

いきたい、のに。

我慢、しないと。ちゃんと我慢して、良い子だって、抱きしめられたい。

「ちゃんと、俺の言うことが聞けてえらいな。良い子には、ご褒美をあげないといけないな」

「ほしい、です……ごほうび、ください……」

自分でも、驚くほどに甘えた声で、私は懇願《こんがん》しました。

可愛がってもらえるのも、甘やかしてもらえるのも。少し、意地悪をされるのも。

全部、気持ちよくて、愛しくて、好きです。

私の中から指が引き抜かれ、物欲しそうにひくつく蜜口に、すっかり昂《たかぶ》ったシアン様の逞《たくま》しいものがあてがわれます。

入り口にぴたりとくっつくと、その熱さや硬さを、はっきりと感じることができます。

先走りの液を擦りつけるように、入り口を擦られて、私は切なく眉を寄せました。

「ぁ、あ……しあ、さ……もぉ、私……っ」

「もう、なに？　どうしてほしいか、教えて」

「おく、欲しいの……っ、いっぱい、して……」

私の奥まで、シアン様の熱いものが一気に貫きました。

入り口で僅《わず》かに圧迫感を感じて、けれどもたっぷり潤っている蜜が潤滑液となってずぶりと中まで入り込んできます。

こつんと、お腹の奥にシアン様の先端が触れて、それだけでじわりと透明な雫《しずく》が溢れてきます。

それは大腿や臀部まで滴り落ちて、ドレスを汚しました。

「ごめんなさ……ドレス……」

「気にする必要はない。俺が、君をそうしているのだから。ラティス、余計なことを考えなくていい」

シアン様は私と体を繋げたまま、私の腰を抱いて体を起こします。

対面しながら抱きしめられて、シアン様の上に跨《またが》る私の奥へ、自重のせいでさらに深くシアン様が入ってくるのがわかります。

下からお腹の奥を突き上げられる圧迫感と、神経がびりびりと震えるような快楽に、私は悲鳴を上げました。

「あっ、あ、ぁあ……っ、ひっあ、あ、あ！」

我慢していた快楽が一気に弾けて、暴虐に体を暴れ回るようでした。

シアン様にしがみつきながら、全身をわななかせる私の髪を、シアン様が優しく撫《な》でてくださいます。

私の中のシアン様は、今にもはちきれそうなほどに熱く滾《たぎ》っているのに。

涼しげな美貌《びぼう》は崩れることがなく、それなのに私は泣きじゃくり、口の端から涎さえこぼしてしまうのです。

「我慢ができて良い子だったな、ラティス。もう、耐えなくていい。何度でも、いけ」

「ふぁああっ、あ、やぁあっ、まって、やっ、ん、んっ」

「気持ちいいな、ラティス。君の中は、きつくて、あたたかい」

腕に閉じ込めるように私を抱きしめながら、シアン様は下から突き上げるように腰を揺らします。

離れては、私の奥の柔らかい肉にシアン様の先端が幾度も口づけて、そのたびに私は絶頂を繰り返しているようでした。

「ひっん、んっあ、あ……！」

「ラティス、愛しているよ」

「シアン様っ、好き、すき……っ、愛してます、私も……っ」

愛していると言われるたびに、心臓が跳ねて、シアン様の昂《たかぶ》りをきゅうきゅう締めつけてしまいます。

強引に引き抜かれ、貫かれる律動に合わせて、私もシアン様に気持ちよくなってほしくて腰を揺らしました。

「しあ、さま、きもちぃ？　いっしょに、わたしと、いっしょに……」

「あぁ、気持ちいいよ、ラティス。ずっとこうしていたいぐらいに。君に触れると、欲望を抑えられなくなってしまう」

「うれしぃ……っ、しあ、さまぁ、うれしい……っ」

激しく腰を突き上げられて、揺さぶられて。

ぞくぞく、ぞわぞわ、たまらなくて。

波のように、気持ちよさに襲われて。

私は幸せの中で、ぐずぐずに、溶けていってしまうみたいで。

下腹部の印に、火が灯るようでした。

もちろん、快楽もありますけれど。それ以上に、繋がることができるのが、シアン様の全部を、もらうことができるみたいに嬉しいのです。

気持ちよさを、同じように感じていただけるのが。

私が、シアン様を悦ばせることができるのが。

嬉しい。

「っ、あっ、あー……っ、ん、ああっ、いく、いきます……っ」

「ラティス、俺も」

「くださぃ、しあ、さま、なか、いっぱい……っ」

どくんと、私のなかに熱いものがひろがります。

いっぱいになって。

意識が、白く濁《にご》りました。

抱きしめてくださる腕の力強さだけが、私の全てになってしまったみたいで。

私は、力の入らない腕で、シアン様の背中を抱きしめ返しました。

◇◇◇

スルド公爵家の領地にある手つかずの原野には、鉄板を何層にも重ねた強固な牢獄が三年がかりで作られていた。

それはただの箱状の建物に見える。窓はなく、通気口があるのみだ。

強度のみを追求したような箱は、夏は炎で熱された鉄板のように熱くなり、冬は建物全体が凍りつき霜が降りるほどに寒くなった。

その牢獄の内部は、いくつかの小部屋に分かれている。

窓がないために、ランプの明かりが灯らなければ小部屋の中は完全な暗闇だ。

この牢獄に入る者たちを、この建物を作った者は人間だと思っていない。

だから冬がどれほど寒くとも、夏がどれほど暑くとも、なにもない暗闇の中に投獄された者を放置しておけるのである。

「この建物は一体なんだ。気味の悪い。普通の牢ではいけなかったのか？」

完全な暗闇の中で膝を抱えて座っていたトアの耳に、困惑した男の声が響いた。

かつんかつんと、数人の靴音が近づいてくる。暗闇の向こう側に、橙色《だいだいいろ》に光る明かりが見えた。

「化け物の力が暴走したら危険だからな。もっと早くに用意ができればよかったのだが、できあるのに三年もかかった。だが、必要な準備だったのだ。あの化け物を殺せればそれでいいが、そうでなければ閉じ込める必要があるからな」

外の音など聞こえないほどに、密閉された牢獄である。

けれど、トアには通風口から響くかすかな声がはっきりと聞こえた。耳がいいのだ。

嗅覚も触覚も聴覚も、人よりずっと発達している。

トアは幻獣の民だ。長い黒髪に、赤い瞳。ぼろぼろの服。痩《や》せた体。

食事は一日に一度、配膳用の小さい入り口から、パンなどが餌《えさ》のように投げ込まれる。幻獣の民とはいえ、食べなければ弱るし、こんな環境に閉じ込められれば命を落とす。

けれど、トアは――特別、頑丈だった。そういう種族の力を持ち、生まれたのだ。

四角いばかりの暗闇の部屋には、一つだけ、こちらも鉄板を何枚も重ねて作った厳重な扉がある。

扉には丸い窓があり、そこにランプの明かりが輝いて、二人の男がトアを覗きこむ。

トアは奥歯を噛む。きつく手を握りしめる。爪が、手のひらに食い込んだ。憎しみのこもった瞳を向けないように、うつむいた。

「おぉ、本当にいるな、クルガン殿」

「それはそうだ。この女は特別頑丈なのだ。幻獣の民の中でも、竜種という。あの男よりもずっと強く、特別な化け物だ」

「これであの目障りな男を消すことができるのだな！　あの男はこの私に楯突きおった。幻獣の民の分際で！」

「怒りはもっともだ、フォルゼウス殿」

肥え太った男と、痩《や》せた男が小窓の向こう側で話をしている。

一人は、クルガン・スルド。スルド公爵という、トアにとっては想像もできないぐらいに偉い立場の人間である。もう一人の男は知らない。

トアがこの牢獄に連れてこられたのは、数カ月前のことだった。

幻獣の民として生まれたトアの母は、人間だった。

父もごく普通の人間で、トアが生まれた時に父は、母とトアを家から出ていけと言って捨てた。

はっきり聞いたわけではないが、母がぽつりぽつりと語っていた昔話の断片を繋ぎ合わせると、おそらくそうなのだろう。

母は人間だったが、トアを大切にしてくれた。愛してくれた。

母は人にはあらざる力を持ったトアに、いつも言っていた。

人と争ってはいけない。竜種の力は強大である。

人の命を奪うのはたやすい。

けれど――そんなことをすれば、心が穢《けが》れる。

その両手は、血で穢《けが》れてしまう。

胸を張って生きるため、どんな目に遭っても、その力を使ってはいけないのだと――その死の間際まで言って聞かせた。

トアが十歳の時、母は死んだ。安住の地を持たず、長年トアを抱えてさまよっていた無理が祟《たた》ったようだ。栄養不足から衰弱し、病気になり、倒れた。

王都の片隅だ。母が王都にトアを連れていったのは、体調を崩し自分の死を悟った母が、父のもとを訪れるためだった。トアを任せるつもりだった。

ようやくの思いで家に辿りつき扉を叩くと、父は新しい家族と暮らしていた。

怒りと嫌悪に満ちた瞳を母とトアに向けて「二度と顔を見せるな、薄汚れた獣め！」と酷い言葉を投げつけた。

路地裏で倒れた母を助けてくれる者は誰もいなかった。

トアは死んだ母の傍《そば》にしばらくいたが、悲しくても苦しくても、腹は減るし、喉は渇く。

竜種のトアは転んでも怪我をせず、一度も病気になったことがないぐらいに頑丈だったが、極度の空腹と口渇には耐えられなかった。

母に「ごめんなさい」と声をかけてふらふらと立ち上がり、当てもなく歩いた。

頼ることのできる知り合いなどトアにはいない。そして――幻獣の民に声をかけるような大人は、いるはずもなかった。

「どういうつもりだ、獣の子！」

突然怒鳴り声が聞こえて、トアは立ち止まった。

極度の餓えで、目がかすんでいた。ぼやけた視界に映るのは、立派な鎧《よろい》を身につけた、男の姿だ。

トアは広い馬車道の真ん中で、兵士たちに囲まれていた。

兵士の後ろには、見たこともないような立派な馬車がある。高貴さとは縁のないトアでも、その無言の権力は理解することができた。なにかおそろしいことをしてしまったのだと理解すると、足が竦《すく》んだ。

「ごめんなさい、私は……」

「王家の馬車の前を横切るとは！　しかも獣の子が！　その首、切り落としてやろう！」

母と二人で逃げ回るように暮らす中で、おそろしい目には何度も遭ってきた。

母を助けるために幻獣の力を使おうとするトアを、母はいつも「それはいけない」と止めた。トアは、母が何度も地に頭を擦りつけるようにして謝る姿を見てきた。

「ごめんなさい、ごめんなさい……！」

トアも同じように、兵士たちの前に跪《ひざまず》き、頭を下げて謝った。

だが――許されなかった。

兵士の一人が剣を抜き、這《は》いつくばるように謝罪するトアの首に振り下ろそうとした。

「やめて！」

その時、凛《りん》として、可憐な声がトアの耳に響いた。

トアはその声を、一生忘れないだろう。

耳のいいトアは、人の声を聞き分けるのが得意だった。母の声は、どれほど離れていてもわかった。遠く聞こえる小鳥の囀《さえず》りですら、鳥の種類がわかるほどだった。

——なんて優しく、美しく、心地のよい声だろう。

「そんなことはやめてください……！　お願いです、許してあげてください！　命を奪うなんてひどいこと……ただ、馬車の前を横切った、それだけではありませんか」

顔を上げたトアが見たのは、幼い少女だった。

美しいドレスを着て、光り輝く髪飾りをつけて、髪も肌も、爪の先までも、よく手入れをされている——まるで、絵本の中でしか見たことのないお姫様のようだった。

「ラティス姫、しかし！」

「お願いです。どうか、助けてあげてください。お願いします」

その少女は本当に、お姫様だった。

けれど、トアの知る人間とはまるで違う。銀の髪に桜色の瞳をしている。幻獣の民の色ではない。

それなのに、トアを助けてくれと兵士に懇願《こんがん》し、頭まで下げた。

「ラティス姫がそこまで言うのなら」

「幻獣の民に情をかけるとは。どうかしている」

「ありえないことだ」

兵士たちはラティス姫という名の少女の懇願《こんがん》に、剣を下ろした。

それから顔を見合わせて、ぶつぶつと不満を口にしながらトアから離れた。

ラティス姫はトアを見てはっとしたように目を見開くと、急いで馬車に戻り、瑞々《みずみず》しく大きな林《りん》檎《ご》を手にして戻ってきた。

それからトアに手を差し伸べる。

「これぐらいしか、できません。どうぞ、さしあげます」

トアはラティス姫の手を取らず、一人でのろのろと起き上がる。こんなに可憐な人の手を、自分のような者が握ってはいけないと思ったのだ。

ラティス姫はトアに林檎《りんご》を押しつけるようにすると、兵士たちに「ご助命、感謝します」と礼をして、馬車へ戻っていった。

トアは林檎《りんご》を抱えて、馬車にもラティス姫にも視線を向けず、一目散に路地に駆け込んだ。

それから、林檎《りんご》をがつがつとかじった。口の中に果汁が溢れて、服や手や、口の周りをべたべたと濡らした。甘く少し酸味のある味が口の中に広がって、トアはぼろぼろ泣いた。

こんなに美味《おい》しいものを食べたのは、初めてだった。

腹と背中がくっついてしまうような、痛みさえ伴う空腹が落ち着くと、トアは——初めて、力を使った。

その体を白い竜へ変化させ、王都から飛び立ったのである。

それからのトアは、母の言いつけを守りながら密やかに暮らしていた。

人を傷つけるようなことはしなかったが、人を守るために力は使った。

迷惑がられても、恐れられても、それはやめなかった。

幻獣の民を守ってくれたラティス姫のように、自分も生きたいと思ったのだ。

やがて、一人の少年と知り合った。彼は、ジェイルという。

戦う力を持たない天馬種の力を持つ、幻獣の民だった。

全ての幻獣の民が、トアのように強いわけではない。ジェイルができることといえば、背中に翼を生やし、空を飛ぶことだけだ。

あとは、他の人間となにも変わらない。

トアはジェイルを連れて、誰にも見つからないように、王国の端にある深い森の奥で暮らしはじめた。やがて、過去にトアが助けた幻獣の民や、弱い立場にあった人間たちが集まり、小さな集落となった。

静かで穏やかな日々だった。トアはジェイルの子を身籠《みご》もり、子供を産んだ。

その子はただの人間だった。幻獣の民同士が子を成しても、幻獣の民が生まれるとは限らない。

トアとジェイルは、普通の子が生まれたことをとても喜んだ。

この子はきっと――自分たちのように苦しむことなく、生きていけるだろうと。

その穏やかで満ち足りた暮らしは永遠に続くのだと思っていた。

だが、静寂は唐突に破られた。多くの兵士たちが小さな集落を取り囲み、家に火をつけて、力のない者たちを捕縛した。その命を人質に、幻獣の民たちに従属を求めた。

トアの子も兵士に捕まり、まだ、三歳にも満たないのに――剣を、突きつけられたのだ。

「この中で一番強い獣はお前だと、皆が言う。お前の夫は役立たずだそうだがな。子の命を助けてほしければ、抵抗をせずについてこい」

トアの子を羽交い締めにして剣を突きつける兵士の傍で、馬上から虫でも眺めるような視線をトアに送り、命令をした男――それが、クルガン・スルドだった。

思えばあの時、トアが母の教えを破り、ラティス姫のように生きたいという心をねじ曲げて、怒りのままにクルガンや兵士たちを皆殺しにしていれば、こんなことにはならなかった。

クルガンの手中には、ジェイルと娘のマナがいる。

クルガンはトアを従わせるために、二人を人質にとっている。もしトアが抵抗をしたら、すぐに二人を殺すと言われていた。

二人は、トアの宝だった。トアの、たった二人だけの家族だ。

失いたくない。トアの他に捕まった幻獣の民たちも、トアと同じ気持ちだろう。

大切な人を失いたくなくてクルガンに従い、この牢獄に閉じ込められて――環境の悪さから衰弱をして、命を落とした者もいる。

一体なにをさせるつもりなのか。ただ、幻獣の民が気に入らないからここに閉じ込めているだけなのか、トアにはわからなかった。

「幻獣の民は、月下鈴蘭の香りで酔う。ここに閉じ込めた他の幻獣の民で試した。濃度の高い香りを嗅《か》げば、酩酊《めいてい》してその本性を現すのだ。人狼は、狼の姿に。魚人は、魚の姿に。大蜥蜴《おおとかげ》の姿になる者もいた。気持ちが悪い」

月下鈴蘭という言葉に、トアはぴくりと眉を動かした。

確かに幻獣の民は月下鈴蘭の香りで酔う。濃度が高すぎる香りは毒となり、ひどい時は意識を失うことさえある。トアは試したことがないが、一度ジェイルが月下鈴蘭の香りを嗅《か》いで、酔いが覚めるまで天馬の姿から戻れなくなったことがあった。

「それはそれは、考えただけでおぞましい」

「あの男は不死鳥の姿になるはずだ。酔って本性が現れれば、その力を暴走させる」

「それは危険なのでは」

「我らに従う貴族たちは、先に伝えて安全な場所に避難できるようにしておけばいい。あとは、誰が何人死のうが構わん。その凄惨な光景を見れば、ハロルド陛下の目も覚めるはずだ」

「そうならなかったら、どうするのだ？」

二人の会話が、トアには理解できなかった。

ただ――なにかよくないことが起ころうとしている。

それだけは、わかった。

「決まっている。我らが、あの暗愚からこの国を取り戻す」

「さすがはクルガン殿だ」

「その時は出番だ、女。お前は目の前の敵を殺せ。それがお前の役割。そうでなければ――わかっているな」

クルガンが声を張り上げる。

トアは唇を噛んで黙っていた。

「返事はどうした、獣の女よ！」

「……わかりました」

トアの敵は、目の前の男だ。けれど――従うしかなかった。

◇◇◇

シアン様の勲章《くんしょう》授与式の行われる式典の日が、いよいよやってきました。

お城に行くのは久々です。

私はこの日のために用意をしていただいたドレスを着て、アルセダさんに髪を結ってもらいました。

アルセダさんは手先が器用で、三つ編みをいくつか作って編み込んだり、複雑な編み込みを作ったりと、私の髪をいつも綺麗に仕上げてくれます。

お城での式典などの日は、シアン様は警備につくのですけれど、今日は表彰と勲章《くんしょう》の授与式がありますので、警備の指揮隊長はクラーヴさんが行うそうです。

「シアン様、すごく素敵です。式典用の軍服を着ているシアン様を、遠くから見ていることがよくありました。今はこんなに傍《そば》で、あなたを見ることができるのですね」

「普段とそう変わらない気がするが」

「普段の軍服も素敵ですけれど、式典用の軍服は金飾りが多いでしょう？　よく似合っていらっしゃいます」

「ありがとう、ラティス。君も、とても綺麗だ」

城の前で馬車を降りると、シアン様は私の手を引いて歩いてくださいます。

眼前には、シアン様に嫁ぐ前に暮らしていたお城がそびえています。

あまり――いい思い出のない場所です。

灰色の石壁が積み上げられたいくつもの尖塔があるお城の奥に、王族の暮らす内宮があります。

最後に生まれた娘として目立たず暮らしていた私ですが、王都で幻獣の民の少女を助けてからは余計に冷遇されるようになりました。

冷遇されること自体は、元々自分にそこまでの価値があるとは考えていなかったので、そこまで気にならなかったように思います。

お兄様たちやお姉様たちに、いじめられるようなことはありませんでしたし。

ただ、広いお城の片隅でひっそりと生きているような、そんな生活でした。

だからでしょうか。長く過ごした城も、住み慣れた懐かしい実家ではなく、どこまでも他人行儀に私の目には映りました。

シアン様に嫁いでから、一度も足を踏み入れることもなかったのです。

もちろんシアン様がいらっしゃらない時だって、お城で式典や、晩餐会《ばんさんかい》などもあったのでしょうけれど。私のもとには誘いの手紙も来ませんでした。

私にとってはむしろそれが、気楽でよかったのでした。

お城に行きたいとも思いませんでしたし、兄姉に会うのも気が滅入ります。

けれど今日は違います。

ヨアセムさんやアルセダさんに見送っていただいて、私はシアン様と腕を組んで大広間までの階段を上がりました。

シアン様の隣を歩くことができるのは、誇らしいです。

例えシアン様が表彰される日ではなくても、私は堂々と、シアン様と並んで歩くことができるでしょう。

けれど、それとは別に昔のあまり幸せではなかった記憶というのは消えていかないものです。

一段一段上がるごとに緊張で体が竦《すく》みましたが、シアン様が「大丈夫か」と尋ねてくださるので、心を落ち着かせることができました。

「勲章《くんしょう》の授与式が終われば、ここにいる必要はない。ラティス、あまり無理はしなくていい」

「心配してくださって、ありがとうございます。昔、このお城にいた時の私は、孤独でした。誰も私を見てくれず、誰も私に話しかけてくれず、私の傍《そば》にいる人たちは、私を疎《うと》ましそうに見ていました」

「……もっと早く、君をここから連れ出すことができていればよかったな」

「いいえ。シアン様は十分すぎるほどに早く、私をここから連れ出してくださったのです。ウェルゼリア家での暮らしは穏やかで、皆、優しくて。幸せでした。……そして、シアン様が戻ってきてくださり、私を愛してくださっている。それが私にはとても特別なことに思えるのです」

「それは俺も同じだ。ラティス。君がいるから、俺の人生は華やいだ。君と出会わなければ、今ここに俺はいなかっただろう」

「シアン様が私を見つけてくださったから、オルゲンシュタットの平和は守られているのですね」

「そうだな。そうでなければ、俺はあのまま、ヨアセムたちと共に夜盗団でも作り上げていたかもしれない」

「夜盗団を？」

「あぁ。幻獣の民の解放を掲げて、城に攻め入り、そこで君を見つけて攫《さら》っていただろうな」

「私を攫《さら》ってくださるのですか？」

「もちろん。どんな立場でも、なにをしていても、俺はきっと君を見つけていた」

「ふふ、嬉しいです」

シアン様はどちらかといえば無口な方です。

けれど私の緊張をほぐすためか、今日は饒舌《じょうぜつ》にお話をしてくださいます。

いつの間にか私は、ここがお城だということを忘れていました。

大広間に入ると、騎士団の方々が私たちに礼をしてくださいます。

それ以外の、豪華なドレスを着た貴族の方々は私たちを遠巻きに見つめていましたが、その不《ぶ》躾《しつけ》な視線もまるで気になりませんでした。

「あら、ラティス。久しいわね」

大広間には楽隊によって厳《おごそ》かな音楽が奏でられていて、白いクロスのかかったテーブルの上にはお酒や軽食がたくさん用意されています。

歓談する皆さんから少し離れた場所でシアン様にご挨拶に来る騎士の方々に会釈《えしゃく》をしていると、懐かしい声が聞こえました。

「グレースお姉様……」

それは、私の二番目のお姉様です。

私は七番目の姫でしたから、お姉様とは年齢が十歳以上は離れています。

年嵩《としかさ》の公爵の後妻になったお姉様ですが、お城で、宰相閣下と睦み合っている姿を見ることがありました。

私は間が悪いのか、偶然そういった場所に居合わせてしまうのです。

グレースお姉様は怒ったりもせずに、口元に指を当てると、しぃっという仕草をしたものでした。

どうにも、ドキドキしたことを覚えています。

グレースお姉様は私にあまり興味がなくて、だから私のことを見下したりも、馬鹿にしたりもしない方でした。

傍《そば》にいても、まるで空気みたいに扱ってくれるので、私にとってグレースお姉様は、近くにいても苦しくない、楽に呼吸ができる人でした。

「ご無沙汰しております、お姉様」

私が挨拶をすると、シアン様も騎士の礼をしました。

「グレース様。今日もとても美しくていらっしゃいますね」

お仕事中のシアン様は、私と二人の時や、ウェルゼリア家でのシアン様とは少し違います。その口調は柔らかく、流れるような賛辞をグレースお姉様に向けました。

「そう思うのなら一晩ぐらいは相手をなさいな。どんなに誘惑しても乗らないくせに」

「え……っ」

「冗談よ。私にはルーベンスがいるもの。喜んでね、ラティス。そろそろ夫は棺桶に入るわ。だから、ルーベンスと正式に結婚できるのよ」

グレースお姉様は扇《おうぎ》で口元を隠すと、ころころと笑いました。

ルーベンス様とは、宰相閣下のことです。

私は浮気だとばかり思っていましたが、グレースお姉様はルーベンス様のことが本気でお好きだったのだと気づきました。ルーベンス様と結ばれるとおっしゃるお姉様は、まるで恋する乙女のように輝いていましたから。

公爵の後妻になるのは、国王陛下――ハロルドお兄様の命令でしたので、従うしかなかったのでしょう。

お辛い思いをされながらも、ルーベンス様との愛を貫いていらっしゃったのです。

「それにしてもラティス。城にいた時よりも女らしくなったわね。目立たない子供だとばっかり思っていたけれど、愛らしさも、色気も感じるようになったわ。あなたは幻獣の民が好きだものね。シアンと結婚できてよかったわね」

まさかお祝いの言葉を言っていただけると思っていなくて、私は目を見開くと、微笑みました。

お姉様から言葉を頂けるのは、嬉しいです。

「ありがとうございます、グレースお姉様」

「今のは嫌味よ」

「嫌味とは思いません。初めて、家族から祝福をしていただきました。私はシアン様の妻になることができて幸せです」

グレースお姉様は困ったように眉を寄せて「そう」と、小さく呟きました。

それから「あなたが幸せなら、それでいいわ」と、どこか肩の力を抜いたように、穏やかな声で言いました。

「ところで、ラティス。幻獣の民とは、夜はどうなのかしら。噂によれば、所有の印をつけられるのでしょう？　触れられると、頭がおかしくなるぐらいに気持ちよくなるのだとか。一度は、体験してみたいものね。まぁ、幻獣の民と番《つが》うなんて、私は嫌だけれど」

「お姉様……」

「うふふ……その顔は、本当にそうなのね。見てみたいわね、印」

グレースお姉様は蠱惑的《こわくてき》に微笑むと、私の頬を軽く撫《な》でて、それからルーベンス様のもとへ向かいました。

寄り添う二人はまるで夫婦のようで、もう誰かの目も、気にしている様子はなさそうでした。

「……驚きました。お姉様に話しかけていただけるなんて」

「グレース様は、奔放《ほんぽう》な方だと評判だ。ルーベンス様との蜜月も、今では誰もが知っている」

「シアン様、お姉様に誘惑を……？」

「まさか。もしそうだとしても、俺はラティスしかいらない」

私たちは、小さな声で囁《ささや》き合いました。

まるで秘密の話をしているようで、お酒も飲んでいないのに、雰囲気に呑まれたのか、なんだかとても楽しい気持ちになりました。

ハロルドお兄様――国王陛下が大広間の奥、階段の先の壇上に置かれている存在感のある立派な玉座に座ると、歓談していた皆が静かになりました。

長兄のお兄様は、私とは二十歳近く年齢が離れています。もう三十歳も半ばでしょうか。

私がまだ幼い頃に両親は亡くなり、お兄様は王位を継いでいます。大変なお立場だとは思いますが、ハロルドお兄様は疲れた顔一つ見せず、むしろ日に日に若返っているようにさえ感じられました。

王族は皆、銀の髪です。銀の髪に、アメジストの瞳。色合いは似ていますが、顔立ちについてはよくわかりません。

グレースお姉様は妖艶な美女という印象の方ですけれど、ハロルドお兄様は――少し、怖いでしょうか。

お兄様の言葉は絶対ですので、威圧感はあるかもしれません。

幻獣の民や平民に対する差別の気持ちが強い王族や貴族の中で、お兄様は少し変わっています。

怖いところもありますが、お兄様は強い者や能力のある者なら誰でも取り立てるとおっしゃいます。

シアン様が騎士団長の立場にいるのも、お兄様の采配があってのことです。

私がシアン様と結婚をできたのも、そう。

ですので――シアン様と結ばせてくださった恩人ではあるのです。

「此度《こたび》のミュラリアとの戦での勝利。皆、ご苦労であった」

お兄様の声が、厳《おごそ》かに大広間に響きます。

足を組んで、組んだ足に肘を乗せて頬杖をついているお兄様のご様子は、少々だらしなくも見えますが、元々持っている気質というものでしょうか。そのような姿でも、威厳《いげん》が損なわれるということはありません。

王者の風格や余裕が感じられるものです。

「その中でも多くの兵を焼き払い屠《ほふ》ったシアン・ウェルゼリアの功績を称えよう。シアン、こちらに」

シアン様は私の頬を軽く撫《な》でると、「行ってくる」と、私の耳元で囁《ささや》きました。

耳に響く低い声や触れる吐息に、僅《わず》かに体を震わせて、私は頷《うなず》きました。

淫らな顔を、していないといいのですけれど。

「ラティス、それは誰にも、見せたくない顔だ」

私の心を読んだようにシアン様に囁《ささや》かれて、私はうつむきました。

「良い子で待っていてくれ、俺の姫」

シアン様は私の手の甲に唇を落とします。

皆の視線が私たちに向けられています。

眉をひそめる貴族もいれば、「幻獣の民が王族に触れるなんて……」「まぁ、あのラティス姫だ。王族とはいえ、端も端。幻獣の民の供物としてはちょうどいいだろうよ」とひそひそ話す声も、聞こえてきます。

私は――顔を上げて、シアン様を真っ直ぐ見て。

にっこりと微笑みました。

私は幸せですと、皆に見せつけるように。

皆の反応は様々でしたが、気になりませんでした。

私は私の大切な人たちだけを、大切にしていきたいのです。

出自がなんであれ。幻獣の民であれ。

皆、同じ、人なのですから。

シアン様がお兄様の前に立つのを、私は大広間の壁際で見つめていました。

人の多い場所は苦手で、壁際が落ち着きます。

これは昔からの癖のようなものです。それに、壁際にいると落ち着いてシアン様の姿を見ることができますから。

「――ねぇ、ラティス」

いつの間にか、グレースお姉様がもう一度私の傍《そば》にやってきました。

そして、小さな声で話しかけてきます。

「さっきは、幻獣の民を悪く言って、ごめんなさいね」

「……お姉様」

「あなたは七番目に生まれて、目立たなかった。それなのに、幻獣の民を助けたわね。私は、あの時驚いたの。あなたの勇気に」

「勇気に……？」

「ええ。私にはそんなことはできない。人の目が、怖いもの。あなたは誰にも相手をされなくなって、いつも端にいた。寂しかったでしょうに、それでも不平も不満も言わずに静かにしていた。まるで、日陰で眠る猫みたいに」

壇上では、ハロルドお兄様に代わりルーベンス様が祝辞の言葉を読み上げています。

グレースお姉様の視線は、私と話をしながらもルーベンス様にずっと向けられていました。

「私はルーベンスとの関係を皆に隠していたのよ。でも、あなたには見られてしまったわね。……あなたはそれを誰にも言わずに、ずっと胸に秘めていてくれた。私は、それを感謝しているのよ」

「そうなのですね。私はてっきり、皆が知っていることだとばかり思っていました」

「まさか。今はもう倒れて死にかけているけれど、以前は元気だった私の夫――デリックの耳に不義の噂が入ったら、私は処刑されていたでしょうね。三年前に病で倒れて、もうなにもわからなくなっているから。だから今は堂々としていられるのよ」

「お姉様は、ルーベンス様が好きだったのですね」

「ええ。ずっと――好きだった。デリックと結婚する前から恋人同士で、将来を誓い合っていたのよ。でも……お兄様の命令には逆らえないわ。私たち女は、お兄様の駒でしかないもの」

私は小さく頷《うなず》きました。

グレースお姉様だけではなく、他のお姉様たちもそれぞれお兄様の立場が優位になる方のもとへ嫁いでいます。

私は、シアン様と結婚を命じられて、運がよかったのです。

「望まぬ結婚を強いられた者同士、私はあなたに同情していたの。でも、それは違うのね。あなたは……以前幻獣の民を救ったのと同じように、あの幻獣の民の男も愛している」

「お姉様。……私たちは、同じ人です。私はそう思っています」

「……そう思わない人間のほうが、この国には多いのよ。先の戦いで、シアンはまた功績をあげた。けれどどうやら辺境伯の命令に従わずに、辺境伯を怒らせたようね」

そんなことがあったのかと、私は驚きました。

シアン様はお仕事の話をしません。

きっと、心配をかけないようにしてくださっているのでしょう。

「といっても、大事にはならなかったようね。騎士団はシアンの命令に忠実よ。そしてお兄様は、賢く強く忠実な猟犬を手に入れたと、たいそう喜んでいるもの」

「そうなのですね……シアン様はあまりお仕事の話はなさらないのです」

「私も、ルーベンスから聞いただけだから、そこまで詳しく知っているというわけではないけれど。……ただ、幻獣の民を重用するお兄様に不満を持つ者も多いみたいね。あなたも、気をつけなさい」

グレースお姉様の忠告に、私ははっとして息を呑みました。

けれど気づかれないように、なんとか表情には出さずに誤魔化しました。

クルガンお兄様——もう、兄と呼んではいけません。あの方は、おそろしいですから。

クルガン様が、オランジットさんを使って私を屋敷の外に出したのは、シアン様に対するなんらかの嫌がらせを行うためだったのでしょうか。

幻獣の民を嫌っているから。スルド公爵家は、ハロルドお兄様のなさりように否定的です。シアン様が騎士団長を務めることが、気に入らないのです。

なんだか、嫌な予感がします。

お姉様の忠告に「ありがとうございます」と微笑みながら、私は嫌な予感が気のせいであることを祈りました。

「シアン・ウェルゼリア。ウェルゼリアの姓は、ハロルド陛下により与えられたものである。その意味は、王の剣。その名に恥じぬ働きを此度《こたび》も見せてくれた。シアン・ウェルゼリアが王の剣である限り、オルゲンシュタット王国の平和は約束されるだろう」

ルーベンス様の声が厳《おごそ》かに響き渡ります。

ルーベンス様はハロルドお兄様と同年代。昔からハロルドお兄様の右腕として働いています。

もうとっくに結婚してもいい年齢なのにずっと独身で――それは、グレースお姉様への愛を貫いていたからなのでしょう。

そう思うと、私には淫らに映っていた浮気という行為が、純愛に見えてきます。

デリック公爵には申し訳ないのですが、お姉様とルーベンス様が無事に結ばれて、幸せになることを願わずにはいられません。

ハロルドお兄様が――グレースお姉様を自由にしてくだされぱいいのですけれど。

私からハロルドお兄様にお願いしてみましょうか。

でも、私はハロルドお兄様とまともに口をきいたこともなくて。私のお願いを聞いてくれるとは思えません。

それでも――兄姉たちに捨て置かれていた私に、こうして声をかけてくれたお姉様の幸せを願わずにはいられません。

「シアン。お前には戦働きの褒賞として、報奨金と勲章《くんしょう》を――ナイトの称号を与えよう」

ハロルドお兄様の声が響き、貴族たちにさざめきが走りました。

ナイトの称号――それは、有能な騎士に与えられる爵位です。

つまり、幻獣の民であるシアン様に爵位が与えられたということ。

ハロルドお兄様からはウェルゼリアという姓が与えられ、そして爵位が与えられたのです。

シアン様はハロルドお兄様の寵児《ちょうじ》のようなもの。

それぐらい、シアン様が傑物であるということなのでしょうが――グレースお姉様のおっしゃる通り、元々シアン様の存在に不満があった方々にとって、この待遇は我慢ならないのではないでしょうか。

私は、シアン様に爵位があってもなくても、そんなことはどちらでもいいのです。

ただ穏やかに、皆で一緒に暮らしていけたら、それで。

もちろんシアン様は、先の戦でそれぐらいの働きをしたのでしょう。

けれど、不安の種は膨れ上がっていきます。

芽吹いて花が咲いて、嫌な予感がその通りに——なってしまわないことを、私はひたすらに祈りました。

「ありがたき幸せです」

「我が妹ラティスを大切にしていてくれているか？」

「はい。当然です、陛下。最愛のラティスを守るため、この国のために我が力をこれからも振るいましょう」

ルーベンス様の指示で、ナイトの称号が描かれた盾を持っていらした従者の方を押しのけるようにして——どうしてか、クルガン様が壇上に現れました。

血が繋がっているからでしょう、クルガン様もハロルドお兄様に少し似ています。

銀の髪に、涼しげなアメジストの瞳をしています。三年前よりも、大人びた姿でした。

「どうしましたか、クルガン。あなたをこの場に呼んではいないのですが」

「ルーベンス、それからハロルド陛下。お聞きください」

クルガン様は手に、香炉のようなものを持っています。

「陛下が重用している幻獣の民は、獣である幻獣の血を引く者。獣と同じです」

「――クルガン。この俺に意見をするのか？」

ハロルドお兄様の眉間に皺《しわ》が寄ります。

それだけで――皆が震え上がるというのに、クルガン様は臆《おく》せずに言い返しました。

「強大な力を持つ幻獣の民を重用するのがどういうことか、陛下は理解していない！　この男はラティス姫を手に入れ、爵位を与えられて――国の簒奪《さんだつ》を狙っているに決まっています。王族の血を引く子供をラティスに産ませて、その子供を王位につけるつもりなのです。幻獣の民の国を作るために！」

どうして――そのように思うのでしょう。

降って湧いたような、強引な理屈です。

なんの根拠もない言いがかり。

けれど、それを信じる方々がこの場には多くいるようで、大広間から「そうだ」「クルガン様の言う通りだ」という声が其処此処《そここここ》で上がりました。

「どうして……」

「きっと、陰で結託していたのでしょう。お兄様のやり方が気に入らないと感じる者たちが集まって、この場でシアンを断罪するために」

グレース お姉様が耳元で囁《ささや》きました。

それから私の体を、自分の体で隠すように庇《かば》ってくださいます。

「あなたは動いてはいけないわ。声を出したら、貴族たちを余計に刺激してしまう。彼らは女の意見など求めていないのよ」

「……ですが」

私は唇を噛みました。

確かにそれはその通りで、私たちは政治に関わることはありません。

女性は要職につくことはできず、政治に関わろうとすると嫌われて排斥《はいせき》されます。

私はそれが今まで当たり前のことだと思っていました。

けれど、今はただ、歯がゆいのです。

私が余計なことを言えば、シアン様の立場がさらに不利になる可能性もあります。

私はシアン様を助けることができません。

これでも、王族なのに——

「よくもラティスを欲しがってくれたな、シアン！　大人しく従順で幻獣の民にも寛大な心を持つラティスの優しさにつけ込んだのだろう。ラティス、私がお前をこの男から助けてやる。幻獣の民に穢《けが》された体を、私が浄化してやるから、案ずるな」

「……っ」

クルガン様が、私の名前を呼んでいます。

私が震える声で、小さく「どうして」と呟くと、グレースお姉様は「あれは昔から、あなたに邪《よこしま》な気持ちを抱いていたのよ」と囁《ささや》きます。

「見ていれば、わかるわ」

「……私、お話をしたことも、ほとんどありません」

そんな気持ちを向けられていたなんて、思いませんでした。

全身がぞっと、総毛立ちました。誰かの好意を不快に感じたのは、初めてのことです。

「可愛い動物を撫《な》で回したい――そんな視線よ。会話の回数なんて問題にはならない。ただいるだけで、男の欲を刺激してしまったの。私を欲しがったデリックもそう。クルガンも、同じ」

「そんな……」

だとしたら――こうなってしまったのは、私のせいなのでしょうか。

クルガン様は私に「兄と呼んでほしい」と言いました。その言葉の裏には、男性の欲望が隠れていたのでしょうか。

「陛下、幻獣の民の本性をご覧に入れましょう。連中を兵器として使うのはいい。使い捨ての兵器としては、石ころぐらいの価値はあるでしょう。けれど重用するのは間違っているという証です！」

クルガン様の持つ香炉からは、小さな香炉から立ちのぼっているとは思えないぐらいの強い香りが漂ってきます。

この香りは――嗅《か》いだことがありませんが、頭がくらくらするほどに甘いものです。

「まさか、月下鈴蘭の……」

私は呟きました。

それは幻獣の民を酔わせることができる、唯一のもの。

あまりにも強い香りを嗅《か》ぐと、酩酊《めいてい》した幻獣の民は、理性を失い――本性を現すと言われています。

つまり――その体が、幻獣になってしまう。

フェルネがまだ力を抑えられず、月を見ると獣になってしまうように。

シアン様は――不死鳥の姿に。

「――これがどうかなさいましたか、クルガン様」

シアン様の落ち着いた声が響きました。

ハロルドお兄様が、肘掛けに肘をついて頬杖をつき、くつくつ笑っています。

「良い香りのする香炉ですね。ナイトの称号を頂いた、祝いの品でしょうか。謹んで受け取らせていただきましょう」

「な……っ、シアン、何故……！　月下鈴蘭から抽出した液体を燃やして香を焚《た》いているのだぞ⁉

幾人かの幻獣の民で試したが、皆、理性を失い獣に成り果てたというのに……！」

「なるほど。クルガン様は私を酔わせたかったのですね。祝い酒の代わりに」

シアン様が優雅に首を傾《かし》げると、クルガン様の眉間に皺《しわ》が寄り、憎しみに近い表情を浮かべたのでした。

シアン様は――平気なのでしょうか。

月下鈴蘭の香りで包まれた大広間で、香炉のすぐ目の前に立っているというのに。

「――残念だったな、クルガン。シアンは理性を飛ばさなかった。ここで、シアンが幻獣の姿となり、この場にいる貴族たちを無差別に攻撃して殺すことを期待していたのだろう。その罪で、シアンを処刑でもする算段だったか？」

「安易ですね。クルガン、あなたは私にも謀反《むほん》を持ちかけてきましたね。ハロルド陛下が私からグレースを奪ったという理由で」

「ルーベンス、裏切ったな！」

「裏切ったもなにも、最初からあなたたちに賛同などしていません」

ルーベンス様もハロルドお兄様も、こうなることを知っていたのでしょうか。

ルーベンス様はどこか小馬鹿にした様子で、軽く肩をすくめました。

「何故だ！　陛下はお前とグレースが恋人関係にあるのを知りながら、デリックに嫁がせたのだぞ!?」

「――私はね、クルガン。私以外の男のものになったグレースを抱くのが、たまらなく好きなのですよ」

「……なっ」

ルーベンス様はどことなく艶《つや》のある声で言って、くすくすと笑いました。

私は思わずグレースお姉様を見つめました。

お姉様は口元を扇《おうぎ》で隠して、恥ずかしそうにしています。

もしかして、今のは事実なのでしょうか。できれば、クルガン様を煽《あお》るためだけの嘘だと思いたいのですけれど。

「血は争えないな、クルガン。幻獣の民を排斥《はいせき》するというのはただの建前だろう。お前はラティスを欲しがっていた。俺はお前にラティスを与えない。お前などよりもシアンのほうがよほど見所がある」

「それはどういう意味ですか、陛下！」

「シアン、見せてやれ」

ハロルドお兄様に言われて、シアン様は手の中に青い炎を灯しました。

その炎の中に見える、あれは――なんでしょうか。

首の二つある、獅子の紋章が刻まれた、宝剣です。

あれは、スルド公爵家の刻印――

「何故貴様が、そのようなものを持っている！」

「それは俺がお前の兄だからだ、クルガン」

シアン様が、クルガン様の兄……？

確かにシアン様が持っているのは、スルド公爵家の証です。

シアン様を引き取った孤児院の院長は、貴族の証を盾にして、ある貴族に金をせびったのだという話を思い出しました。

シアン様はとある貴族のもとに生まれて、捨てられたのだと言いました。

そのとある貴族とは――スルド公爵家。

クルガン様の家です。

私は、なんだか体が熱くなるのを感じました。

私の中にある血が、シアン様と――ほんの少しですけれど、繋がっているのです。

私はずっとそれを知りませんでした。

あぁでも――嬉しい。

「その宝剣は、スルド家の印。スルド公爵夫妻は、シアンが生まれたことを王家に届けずに、幻獣の民を産んだことを隠すために秘密裏に孤児院に捨てた。宝剣は、孤児院の院長にどうしてもと請われて渡したようだな。そして結局、宝剣を出自の証明として院長に金をせびられて――孤児院を燃やし院長を殺し、シアンも殺そうとした」

ハロルドお兄様は全て知っていたのか、珍しく饒舌《じょうぜつ》にそう口にしました。

「俺がなんの理由もなくシアンを重用すると思うか？　俺は有能ならどんな者でも重用するが、その出自は徹底的に調べあげる。シアンはスルド家の息子だ。まぁ、シアンはそれを公にする気はなかったようだが、こうなってしまえばな。仕方ない」

「ですが、陛下！　所詮は捨て子、亡くなった両親は私にそれを教えませんでした。両親はシアンを認めていません、それではいないのと同じです！」

クルガン様が、焦った様子で激昂しました。

こうなることを、予想さえしていなかったのでしょう。

あぁどうか、ハロルドお兄様に刃向かうようなことは諦めてほしいと、私は祈りました。これ以上、なにも起こってほしくありません。

シアン様が傷つくようなことが、起こらないようにと。

「そんなことは知らん。俺がシアンをスルド家の子だと認めているのだ。証明となる宝剣も持っている。幻獣の民であろうと、スルド家は王家の血族。しかも有能とあれば、重用する理由には十分なりうるだろう」

「あ――暗愚め……！　私は認めない！　幻獣の民を重用し、禁欲を教義とした法典を無視し何人も嫁を娶《めと》り、妹姫たちを権力のために使う王など、国を乱すだけだ！」

クルガン様が「皆、穏便な交渉はもう終わりだ、やれ！」と叫ぶと、フォルゼウス辺境伯が兵を率いて大広間の中へ雪崩《なだ》れ込んできます。

大広間の貴族たちの半数ほどが、辺境伯の兵から剣を渡されて、ハロルドお兄様やシアン様に向けました。

クルガン様は、貴族たちをまとめあげて、反乱の準備を整えていたのでしょう。

「ラティスは傷つけるな！　他の者は、何人殺しても構わん！」

クルガン様が叫びます。私は背筋が寒くなるのを感じました。

おそろしさと同時に、怒りが湧き上がってきます。

私以外の人を傷つけても構わないなんて――人の心がないのでしょうか。ここには多くの人たちが集まっているというのに。

そんなこと――許されません。

「ラティス、私の後ろに隠れていなさい」

グレースお姉様が、私を隠すようにしてくださいます。

「駄目です、お姉様……っ、お姉様も、危険です」

「私は姉よ。あなたを守るわ」

私は瞳が潤むのを感じました。お姉様の気持ちが嬉しいのです。けれど、私はお姉様に傷ついてほしくありません。

「ラティス様、グレース様、僕の傍《そば》に！」

「こうなるだろうってシアン様が言ってましたけど、その通りでしたね、ラティス様。助けに来ましたよ！」

「ごめんなさい、僕も一緒に来ました。ラティス様たちの、役に立ちたくて……！」

私たちを庇《かば》う人があります。シアン様の部下のクラーヴさんと、どこからともなく現れたヨアセムさんと、フェルネでした。

クラーヴさんやヨアセムさんの顔を見ると、ほっとしました。フェルネのことは心配でしたが、フェルネはシアン様やヨアセムさんに鍛えてもらっていて、今は幻獣の民の力を上手に使うことができるようになっています。

並の兵よりもずっと強いというのが、シアン様の評価でした。

「ありがとうございます……！　どうか、お怪我をなさいませんよう……！」

「任せてください、ラティス様！」

「ありがとうございます、ラティス様！」

声をかけると、ヨアセムさんが仕込み杖の剣を抜きながら、私に向かって嬉しそうに手を振ってくれました。フェルネは、騎士の礼をしてくれます。

人質にしようとでも思っているのでしょうか、兵士たちが私たちのほうへ、真っ直ぐに向かってきます。

それをクラーヴさんたち騎士の方々や、ヨアセムさんや――手や足を獣の姿に変えたフェルネが、軽々と倒していきます。

壇上では、クルガン様が床に香炉を叩きつけて、シアン様に剣を向けていました。

「シアン、貴様を殺す。貴様を殺し、ハロルド陛下に代わり私が王となる！　ラティスを貴様の手から救うために！」

「俺の姫の名を呼ぶ権利を、お前には与えていない。せっかくの祝いの場が台無しだな。……陛下、力の行使をお許しください」

「あぁ。許可しよう、俺の猟犬よ。存分に、振るえ」

シアン様の背中に、青い炎の翼が広がりました。

あまりにも美しい光景に、一瞬、大広間の時が止まったようでした。

大広間の至るところから、青い火柱が次々と上がっていきます。

炎にまかれた人々は、ただもだえ苦しむだけで、皮膚が焼ける様子も、命を落とす様子もありません。

「兵はこれだけか、クルガン。肩慣らしにもならないな」

鎮圧はあっという間に思えました。

けれど、クルガン様――いえ、クルガンは、すぐに余裕を取り戻したようにその口元に笑みを浮かべます。

「来い、獣の女よ！　目の前の敵を殺せ！」

その呼び声とともに――冷気が、頬に突き刺さりました。

低い唸るような咆哮《ほうこう》とともに、大広間の入り口が壁とともに破壊されます。

土煙が上がり、視界が濁《にご》りました。

その煙の中から、瓦礫《がれき》を乗り越えるようにして――小さな家ほどの大きさのある、見たこともない生き物が、地響きを立てながら大広間へ入ってくるのでした。

神々しい輝きを放つ白い体。長い尻尾に長い首。

全身が硬そうな鱗《うろこ》に覆われて、背中には翼が生えています。

牙の生えた大きな口からは、呼吸のたびに冷気が漏れて白く濁《にご》りました。

「やれ、氷竜よ！　不死鳥など、殺してしまえ！」

クルガンが、勝ち誇ったような顔をして、叫びました。

「――幻獣の民」

私は息を呑みました。獣の女と、クルガンは言いました。あの氷の――竜は、女性なのです。

フェルネを人質にとってオランジットさんを操ったように、クルガンはあの幻獣の民の女性も、誰かを人質にとり、操っているのではないか。その可能性に気づいた途端に、私は目の前が暗くなるような憤りを感じました。

「なんて、ひどいことを……」

私は彼女に呼びかけようとしました。戦わなくていい。こんなことは、しなくていいのだと。

「ラティス、駄目よ。ここにいなさい」

「ですが……！」

ふらふらと前に出ようとした私の腕を、グレースお姉様が掴みます。

「ラティス様、グレース様、下がってください！」

クラーヴ様とヨアセムさんが、乱戦から戻ってきます。ヨアセムさんは、氷竜に向かっていこうとするフェルネをその腕に無理やり抱えていました。「駄目だ、死ぬぞ！」と言いながら。

「ですが！　シアン様が危険です！」

「シアン様は大丈夫だ。負けたりしない」

フェルネは焦り、ヨアセムさんはシアン様の勝利を確信しているようでした。

私は——両手を握りしめました。

戦う必要は、ないのです。幻獣の民は同じ苦しみを抱えているはずです。

シアン様も、氷竜も女性も同じように、苦しい立場にいるはずなのです。

氷竜は大きく翼を広げると、シアン様やハロルドお兄様に向かって口を広げました。

すさまじい冷気がその口から噴出します。それは、吹雪に似ていました。

触れたものを全て凍りつかせるような冷気に向かい、シアン様はひらりと飛び上がる片手を広げます。

シアン様の背中には、青い炎の翼が生えていました。

氷竜の吹雪を、シアン様の手から放たれた青い炎がせき止めます。それはハロルドお兄様には届かず、シアン様の炎で包まれて、消え失せたかのように見えました。

氷竜は大きく翼を羽ばたかせます。腹の底から全ての力を吐き出すようにして、再び口から冷気を吐き出しました。肌が痛くなるぐらいの冷たさを感じます。

シアン様の炎が押されて、その冷気はシアン様の体を包みました。

「シアン様……！」

悲鳴を上げる私が見たものは、シアン様の片腕が凍りついている光景でした。

氷竜はその巨体から考えられないぐらいに身軽に飛び上がり、シアン様の体にその鋭い爪を叩きつけます。

青い翼を羽ばたかせてシアン様は避けましたが、爪が、シアン様の凍りついた腕に触れました。

腕が、ばらばらに砕け散ります。肩から先の右腕が、失われました。

「嫌……っ、やめて……！」

シアン様に駆け寄ろうとする私を、ヨアセムさんが止めました。

私はヨアセムさんの腕を「離してください！」と掴みます。シアン様が傷つくところを、どうして静かに見ていられるというのでしょうか。

無力でも、なにもできなくても、助けたいのです。私の大切な人ですから。

「ラティス、大丈夫だ」

シアン様は私をちらりと一瞥《いちべつ》して、口元に笑みを浮かべます。痛みなどまるで感じていないようでした。

けれど、そんなことはないはずです。

痛いはずです。体も、そして同じ幻獣の民と戦わなくてはならない、心も。

「――哀れとは、思わない」

冷静なその声は――まるで、氷竜への鎮魂歌のようでした。

シアン様の体が青い炎に包まれて、失われた腕が元通りになります。

その手に握られているのは、蒼炎でできた剣でした。その剣の切っ先を、シアン様は氷竜に向けます。

「シアン様、もうやめてください……！　幻獣の民の方も、お願いです！　刃を納めてください！」

私は、ヨアセムさんに抱きかかえられながら、ありったけの声で叫びました。

どうして、戦わなくてはならないのでしょう。

どうして、傷つけ合わなくてはならないのでしょう。

もう、十分です。これ以上は、もう。

氷竜はどういうわけか動揺したように、動きを止めました。

じりじりと後退ります。様子がおかしいようです。

けれどそれは一瞬のことで、再びその太い腕を、シアン様に向かって振り上げました。

大広間にいる貴族たちが、悲鳴を上げながら壁際へ逃げてきます。入り口は破壊されていて、とても瓦礫《がれき》を乗り越えて逃げられるようには見えませんでした。

人の波に呑み込まれないように、ヨアセムさんやクラーヴさんが、私やグレースお姉様を守ってくれます。

シアン様の剣が、振り上げられた氷竜の爪をあっさりと切り裂きました。

剣が触れた皮膚からぶわっと青い炎が噴き上がり、氷竜を包み込みます。

氷竜は苦しむように大広間を暴れ回り、尻尾をめちゃくちゃに動かしました。

美しい調度品が、天井画が、シャンデリアが破壊され、あちこちで悲鳴が上がりました。

「――死ね」

シアン様が氷竜に向かい、剣を振り上げます。

その光景が――どうしてか、幼い頃の光景に重なりました。

馬車の前を横切ったというだけで、兵士たちに斬られそうになっている幻獣の民の少女の姿です。

「シアン様！　待ってください……！」

私は、ヨアセムさんの腕を振りほどいて、駆けだしていました。

こんなことは、もう終わりにしたいのです。

シアン様が氷竜を――幻獣の民の女性を殺《あや》めることは、私にはどうしても嫌でした。

女性が傷つけられることも、シアン様がその女性を傷つけることも。

その、どちらも。

夢中で駆けて、私は氷竜の前で両手を広げます。

シアン様は僅《わず》かに戸惑った表情で、私を見ました。

「ラティス」

「お願いです、シアン様。もう、終わりに……！　もう十分です。きっともう、戦えません」

氷竜は蹲《うずくま》って、動かなくなっています。

その体がするすると小さくなったかと思うと、そこにはぼろぼろの服を着た、黒髪の痩《や》せた女性が倒れていました。

女性の瞳からは、大粒の涙がこぼれています。

「……ラティス姫、あなたは、ラティス姫……」

「どうして、私の名前を……？」

女性に名前を呼ばれました。私は驚きながらも、女性に駆け寄ります。

シアン様がひらりと私の傍《そば》に降りてくると、私を片腕で庇《かば》いました。

「近づくな、危険だ」

「話を、させてください。お願いします、シアン様」

「……わかった。俺の傍《そば》から離れるな」

シアン様は私のわがままに、頷《うなず》いてくださいました。

私は女性の傍《そば》に膝をつきます。その体は焼け焦げて、爛《ただ》れていました。

元々衰弱していたのでしょう。骨と皮ばかりの、見ていて胸が痛くなるような姿でした。

「……あなたは誰なのですか？」

「私は、トア。ずっと昔に、あなたに命を救われました。馬車の前を横切って、殺されそうになったところを。ラティス姫。林檎《りんご》をくれた。……ずっと、覚えていました。あなたの声。あなたの匂い。全部」

止めどなく、トアさんの瞳から涙が流れ落ちます。

「ごめんなさい。でも、あなたがいると知りながら、私は戦わなくてはいけなかったのです。私の大切な夫と娘が、人質にされています。私は戦わなくてはならなかったのに、あなたは私を……私たちを止めようとしてくれました」

トアさんは目を伏せます。もう、敵意も、戦意も消え失せていました。

それどころか――命さえ、その体から失われつつあるように感じられました。

「あなたは変わらない、私の憧れの、大切な、ラティス姫。……ごめんなさい」

「トアさん、人質のことを教えてください」

「あの男が、クルガンが、私たちの集落を燃やしました。多くの力のない者が、どこかに連れていかれました。言うことを聞かないとその者たちを殺すと、私たち幻獣の民を牢に閉じ込めて……ああ、私のジェイル、マナ、ごめんね……」

トアさんはそう呟いて、それからぐったりと動かなくなりました。

私はトアさんの体を抱え起こして抱きしめました。

なんてひどいことをするのかと、クルガンの姿を捜しました。クルガンは壇上で、シアン様の魔法で生み出された蔓《つる》で拘束されていました。

「逃げようとしていただろう。残念だったな」

私はシアン様の横顔を見上げます。いつもの白い肌が、いっそう白くなっているように感じられました。

シアン様は――静かに、怒っているようでした。

ゆっくりと、シアン様はクルガンのもとへ向かっていきます。

一歩踏み出すごとに青い炎が床に広がり、私たちの体を暖かく包み込みます。

その炎は苦痛を与えるものではなく、再生の炎でした。

床に倒れている者たちの傷が、トアさんの火傷が、癒えていきます。

「――炎の中で、永遠に体を焼かれる苦しみを味わうといい」

シアン様はクルガンのもとまで辿りつくと、彼を指で示しました。

クルガンの足元から蛇のように炎が纏《まと》わりついて天井にまで伸びていきます。クルガンは炎の中で、苦痛に満ちた大きな叫び声を上げました。

なんて圧倒的で――なんて神々しいのでしょうか。

「ラティス様、ご無事ですか」

「ラティス様……！」

ヨアセムさんとフェルネが、トアさんを抱きかかえる私に駆け寄ってきます。

私はトアさんが呼吸をしていることを確認して、安堵《あんど》の息をつきました。

生きています。――よかった。

「ふふ、はは……！」

ハロルドお兄様は、目の前の惨状をまるで面白い出し物でも見るかのように、愉快そうに笑っています。玉座から一歩も動かないで、ゆったりと座ったまま。

シアン様は、大勢の反乱兵を軽々と打ち倒し、氷竜までも倒しました。

その圧倒的な力をもってすれば、この国を奪うこともたやすいのでしょう。

ハロルドお兄様はそんな危険な力を持ったシアン様を手元に置きながら、悠々と笑っているのです。

今ここにいる人たちの中で、私はお兄様が一番、おそろしいと感じました。

炎に焼かれて倒れている者たちが、騒動の終焉《しゅうえん》を告げるように、騎士団の方々によって次々と捕縛されていきます。

それを、どこか楽しげにハロルドお兄様は眺めていました。

「こんなに、膿《うみ》を出すことができたとは。汚れた傷口もさぞ綺麗に塞《ふさ》がるだろうよ」

「反乱に加担した貴族たちの数が多いですが」

ハロルドお兄様の隣で、ルーベンス様も落ち着いた様子でした。

グレースお姉様は私の傍《そば》で腰から力が抜けたように座り込んで、ほっとした顔でルーベンス様を見つめています。

「貴族など、毒にしかならんものばかりだ。数が多すぎる。加担した者たちの家は取り潰せ、土地は国に返却せよ」

「御意に」

ルーベンス様が礼をして、お城の奥へ引きずられていく貴族たちと共に、下がっていきます。

「シアン、よくやってくれたな。まぁ、クルガンが下手をうったせいで、愚かな画策が露見したわけだが。シアンが暴走して俺を殺してくれたらそれで御の字だとでも思ったのだろう。残念だったな。シアンを倒すために、幻獣の民を使ったことだけは、褒めてやろう」

「くそ……っ　どいつもこいつも、使えないものばかりだ！」

シアン様の炎は鎮《しず》まりました。けれど、体の痛みは残っているようです。

クルガンは床に這《は》いつくばったまま、悔しげに床を叩きました。

「こんなことでラティスを自分のものにしようと思ったのか、クルガン。計画が杜撰《ずさん》すぎる。それでも俺の弟だろうか」

シアン様はクルガン様が弟であると、ずっと知っていたのです。だから私がクルガンお兄様と口にした時、あれほど嫉妬をしてくださったのでしょうか。

「貴様を兄だとは認めん！」

「攫《さら》った者たちの居場所を吐け」

「何故、それを言う必要がある？　教えてなどやるものか！」

「もう一度、肉が焼け、臓腑《ぞうふ》が焼ける苦痛を味わいたいのか」

シアン様の手から炎が立ちのぼりました。

クルガンは青ざめて、首を左右に振ります。それから絞り出すような声で、「スルド家の地下牢だ……！」と、口にしました。

クラーヴさんがそれを聞いて、部下たちに指示を出しました。

「スルド家とフォルゼウス家の周囲には、騎士団の者たちを待機させている。伝令を送れば、スルド家に向かい、すぐに助け出せるだろう。どの道、スルド家やそれに加担した者たちの家は取り潰される」

シアン様の言葉に、ハロルドお兄様は満足げに笑みを浮かべて「さすがは俺の猟犬だ。役に立つな」と、ハロルドお兄様なりの賞賛をしました。

「ラティス……！　私は、君をこの男から救いたかった……可哀想に、ハロルドの命令で幻獣の民などに嫁ぎ、穢《けが》された君を救ってあげたかったんだ！」

まるで救いを求めるように、クルガンが私に手を伸ばします。

私は――首を振りました。

そんなこと、私は求めていません。

私はシアン様を愛しているのです。

シアン様を幻獣の民だからと蔑《さげす》み、私を哀れむクルガンは――傲慢《ごうまん》で自分勝手です。

ハロルドお兄様は確かに怖い人ですけれど――幻獣の民も、孤児も庶民も、どんな出自の者であっても平等に扱うという意味では、正しいのではないでしょうか。

それは自分の役に立つか、立たないかの判断しかないのでしょうけれど。

でも、少なくとも、クルガンよりも、よほど。

「私は――シアン様を愛しています。救いなど、求めておりません！」

いつも誰かの陰に隠れるように、生きてきました。

自分の意見を言わず、言っても誰も聞いていないのだから、必要がないと思い込んで。

でも、黙っているせいで誰かに哀れまれるのは嫌です。

私の大切な人たちが傷ついたり、脅かされるのは嫌なのです。

「幻獣の民は、私たちと同じ。数が少ないというだけで区別し、差別するのは間違っています。いつか私とシアン様の愛が実を結び、この国から幻獣の民への差別が消えることを、私は望んでいます！」

たとえ私とシアン様の子が、幻獣の民だとしても。

そして、フェルネや――トアさん。トアさんの大切な人たちや、他の幻獣の民たちも。

この国で他者に貶《おとし》められることなく、生きていけるように。

「ラティス、お前はシアンに騙《だま》されている！　おそろしい思いをして、そう思い込まされているだけだ！」

「私には意志があります！　心は、私だけのもの。誰を愛するのかは、自分自身で決めることができます！」

体に緊張が走りました。少し声が震えました。

けれど、きちんと言うことができました。

私はハロルドお兄様の命令で、無理やりシアン様に嫁がされたわけではありません。

そして――シアン様を愛しているのは、騙《だま》されているわけでもなく、思い込みなどでもないのです。

シアン様にまるで真綿で首を絞めるようにして、快楽漬けにされたからではありません。

もちろんそれは、私にとっては禁忌《きんき》で刺激的な日々で、愛しく思ってしまうのは事実なのですけれど。

でも私は、自分の意志でシアン様を愛しているのです。

「ラティス……心まで、幻獣の民に売ったのか。君がそのような穢《けが》らわしい女だとは……」

「クルガン。ラティスは聖女のようであり、けれど淫らで可愛らしい、俺の大切な人だ。お前がラティスの愛らしい姿を見ることができる日は、残念ながら来ないだろうがな」

「ふ、ふふ……それは嫉妬か、シアン。感情を滅多に出さないお前が、珍しいこともあるものだな」

ハロルドお兄様がお腹を抱えて笑い出しました。

どこか、嬉しそうでした。不思議です。ハロルドお兄様は冷酷な方だと思うのに、シアン様への情が滲《にじ》んで見えるのです。

「残念だな、クルガン。お前がどこまでできるかと、せっかく泳がせてやっていたのに。だが、失望した。無様だな、お前は」

全てを知りながら、ハロルドお兄様は楽しんでいたのでしょう。クルガン様に剣を向けられることも。多くの謀反人《むほんにん》がいることも。

それは人の心さえも利用することを厭《いと》わない、おそろしい、国王陛下の姿です。

その姿を見て、クルガンは全てを諦めたようにがくりとうなだれました。

クルガンも――兵士の方々に引きずられて大広間から出ていきました。

反乱の鎮圧が終わった大広間は、騒然としていました。

自分の夫が連れていかれた者もいれば、兵たちの傍《そば》にいたせいで転んだり、傷を受けたりした者もいるようでした。

シアン様の青い炎が再び大広間に広がると、未だ痛みを訴える者たちの傷が途端に癒えていきます。

「まるで、神様みたいです」

「そう思うだろう、フェルネ。俺も昔、シアン様に助けられた時にそう思った」

「シアン様は、ヨアセムさんの神様なのですね」

「結構わがままで、面倒ごとを丸投げしてくる、横暴な神様だけどな」

フェルネの呟きを聞いて、ヨアセムさんがどこか得意げに笑いました。

遙《はる》か昔、人と番《つが》った幻獣がいました。

その血が、今でも私たちの体には残っているのでしょう。

そして時折、幻獣の血が色濃く出た、幻獣の民が生まれるのです。

私たちは幻獣とはなにかを、よく知りません。それは忌避《きひ》するもの。おそろしい獣であると。

そう、教典には書かれています。

でも、本当は違うのかもしれません。

幻獣とは、神様だったのでしょう。

神様から国を奪うために、もしかしたら王家はその存在を忌避《きひ》するべきものとして皆に広めるため、教典を作ったのかもしれません。

なんの根拠もないことですけれど、シアン様のお姿を見ていると、そう思わずにはいられません。

「ラティス」

シアン様が手を伸ばします。

大広間から壇上に向けて、青い炎の壁に彩られた道が、真っ直ぐにできあがりました。

ヨアセムさんが、私からまだ意識の戻らないトアさんを引き受けてくれます。

私は立ち上がると、その道を迷いなく、シアン様に向かって駆けていきます。

腕の中に飛び込むと、シアン様はしっかりと抱きとめてくださいました。

「仲がいいのだな。シアン、スルド公爵の爵位をお前に返そうか？」

ハロルドお兄様が笑いながら、私たちに声をかけます。

「不要です。面倒が増えるだけですから」

「そう言うと思った。お前とラティスのおかげで、この国からいらないものを一掃できた。お前たちは役に立つな。俺は、役に立つ者は好きだ。だから、なにか望みがあればなんでも言うといい」

ハロルドお兄様は、こんなに混乱した状況であっても、悠々と玉座に座っています。

なんでも、望みを――

私はシアン様の瞳をじっと見つめました。シアン様の望みがなにかあればと、思ったのです。

「俺は、ラティスがいればそれでいい。他に望みなどない。君の望みを言えばいい。俺から離れたい、以外の望みを」

「シアン様！　そんなことは望みません！」

「……俺は、君に思ったよりも愛されているのだな。知らなかった」

「あ、愛しているから……どんなことも受け入れられるのですよ。知っておいてください」

私はつれないことを言うシアン様の服をぎゅっと掴みました。

あんな――恥ずかしいこと。好きな人とじゃなければ、したいとは思いませんから。

「あの、お兄様」

「なんだ、ラティス。お前が俺に声をかけてくるのは初めてだな」

「はい」

「弟妹たちの中では、俺はお前に一番期待していた。大人しく目立たないが、幻獣の民を救うなどという豪胆さがある。嘲《あざけ》られようと、不遇な立場にいようと、泣きもせず不平も漏らさずに、ただあるがままを受け入れていた。お前は強い女だ、ラティス」

「は、はい」

ハロルドお兄様に褒めていただけるなんて。

それに、大人しくて目立たないとはよく言われましたが、豪胆や強い女と言われたのは初めてです。

それは最上級の褒め言葉のように感じました。

お兄様は、役に立たない人が嫌いですから。強さや豪胆さは、おそらくかなりの賞賛なのだと思います。

「俺は、古くさい体制が嫌いだ。幻獣の民の力は利用する甲斐がある。自分よりも力のあるものを排除して安心を得たいなど、凡夫のやることだ」

どことなく、肩の力を抜いたようにして、よく通る声でお兄様は言います。

大広間には貴族たちがまだ残っていて、あえて聞こえるように言っているようでした。

「古い教典のせいで幻獣の民への差別は、この国の膿《うみ》としてまだ残っている。だが、それもそのうちなくなるだろう。ラティス、お前の言った通りに」

「そうだと嬉しいです」

「だから、望みがあるとしたら、差別の撤廃《てっぱい》以外にしておくといい。それは俺の望みでもあるからな。それから、その氷竜の女やその仲間たちについてはお前たちに一任する。幻獣の民の処遇を決めるのは、シアンやお前に任せたほうがいいだろう」

「ありがとうございます、お兄様」

私は驚いてしまって、お礼を言うのが精一杯でした。

ハロルドお兄様がシアン様だけではなく、私も信頼してくださっているとは、思っていなかったのです。

初めて、お兄様のことを、お兄様だと感じました。

もしかしたら、私がハロルドお兄様のことを深く知らないだけで、おそろしいだけではない他の一面もあるのかもしれません。

「……では、お兄様。お願いがあります」

「なんだ？　なんでも言え」

私はシアン様の腕からそっと離れて、ハロルドお兄様に礼をしました。

「グレースお姉様と、ルーベンス様の結婚を、認めてくださいませんか？」

「ラティス……！」

グレースお姉様の声がします。ちらりと視線を送ると、お姉様は口元を両手で押さえて、涙目になっていました。

「そんなことを頼んでくれるなんて……ありがとう、ラティス……」

私は頷《うなず》きました。せっかくお兄様と話ができるのです。

これを逃したら、もう直接訴えることなんて、できないかもしれません。

「は……？　それが、お前の望みなのか？」

「はい」

「ふふ、はは……っ！　面白いな、ラティス。やはりお前は見所がある」

お兄様はひとしきり笑いました。

それから、ゆったりと頷《うなず》きます。

「構わない。デリック公が死ねば、グレースは自由だ。ルーベンスはあれの言っていた通り、禁忌《きんき》を犯すのが好きな性格をしていてな。まぁ、そうだな。まともに幸せになれと、説教でもしよう」

「そ、そうなのですか……」

「古くさい教典の教義に、快楽は罪だというものがあるだろう」

「はい……」

お兄様の言葉に、私は頬を染めてうつむきました。

そんな話になるとは思っていなかったのです。

「あれは、まぁ、悪いものではない。人は、禁を破ると興奮するものだからな。お前も、それは理解できるだろう。人の趣味は、様々だ。愉快だとは思わないか？」

「……わ、私は」

「陛下。これ以上ラティスをいじめるのはおやめください。鎮圧は終わり、私はそろそろ限界のようです。あとの指示は全てクラーヴに伝えています。私は下がりますが、よろしいですか」

「あぁ。構わない。お前は周到な男だな。敵でなくてよかったと、心底思うよ」

シアン様は私をもう一度抱きしめました。

私たちを青い炎が包みます。

思わず目を閉じた私が瞼《まぶた》を開くと、そこは大広間ではなくて、いつものウェルゼリア家のお部屋でした。

私が驚いていると、すぐにノックの音がしてオランジットさんが中に入ってきます。アルセダさんやヨアセムさんやフェルネを残して、帰ってきてしまいました。トアさんのことも心配です。トアさんのご家族のことも。

けれど、シアン様が家に戻っても大丈夫だと判断したのですから、きっと大丈夫なのでしょう。オランジットさんは飲み物やすっきりとした香りのする香炉や果物などの軽食を置いて、「許可が下りるまではお部屋には誰も近づけさせません。ご無事でなによりでございました」と言って、下がっていきます。

ヨアセムさんも言っていましたが、今日のことを、家の者たちは皆、シアン様から聞いていたのでしょうか。

知らないのは私だけだったのかと思うと、少し寂しいような気がします。

「シアン様、クルガン様が月下鈴蘭の香を持ってくることを知っていたのですか？」

「確証はなかったが、もしかしたら、と。小物の考えそうなことだ。力では敵わないとわかれば、策を練る。幻獣種を卑下《ひげ》する者は、俺たちが獣と同程度の知能だと考える。あの程度のことで、俺が堕ちるとでも思っていたのだろう」

シアン様の手が、強引に私のドレスをまさぐります。

胸元の布を千切るようにして下ろされて、ドレスをたくし上げられて、片足を抱えられました。

シアン様の白い頬が、赤く染まっています。

青い炎でできた背中の羽はそのままで、お部屋に大きく広がっていました。

熱くはありません。ただ、濃密な魔力の気配を感じて、下腹部の印が甘く疼《うず》きました。

「シアン様、酔っていない、のでは……」

「解毒剤を飲んでおいた。だから、理性を飛ばすようなことはなかったが……それでもあの量を浴びてしまえばな。そろそろ、限界だ。ラティス、すまないが……俺に慈悲をくれるか？」

それは、私がシアン様に懇願《こんがん》する時に口にしてしまう言葉でした。

かぁっと顔が熱くなります。

下着越しに昂《たかぶ》りを擦りつけられて、私はこくこく頷《うなず》きました。

「しぁ、さま……酩酊《めいてい》、するのは……発情と、似ているのですか？」

「そうだな。それに近いものがある。魔力が沸騰《ふっとう》し、獣の本性が抑えられなくなる。今すぐ、欲しい。君の中に入って、奥を突いて、果てたい。何度でも」

淫らな声音で囁《ささや》かれると、まるでそうされているみたいな錯覚が体に起こります。

まだ触られてもいないのに熱が巡って。

私だけ、知らなかった寂しさとか。少し拗《す》ねた気持ちも、消えていってしまいました。

知っていても知らなくても、きっと結果は同じでした。

シアン様は誰よりも強くて、ハロルドお兄様と同じで少し、怖いところもありますけれど——私はシアン様を信じています。

「シアン様が満足するまで……私を、好きにして、ください」

「ラティス。……あぁ。壊さないように、気をつける」

「大丈夫です、私は豪胆で、強いのです。ハロルドお兄様に、お墨付きをもらいました」

「他の男の名をこういう時に口にするのはいけないな。妬《や》いてしまう」

呼吸さえ奪うように、激しく唇が重なります。

強引に口腔内に舌が押し込まれて、粘膜が擦れました。

唾液が混じり合い、舌を絡めるたびにちゅくちゅくと音がしました。

「あ、ん……んぅ……」

「ラティス、足を開け。自分で、持てるか？」

「ん……はい」

ベッドに倒された私の下着は、すぐに取り払われてしまいました。

両足を高く抱えるようにして持ち上げられると、シアン様の眼前にはしたない場所が晒《さら》されます。

羞恥心を感じながらも、私はシアン様に従いました。

お兄様が、禁忌《きんき》を犯すと人は興奮するのだと言っていました。その意味が、今の私にはよく理解できます。

恥ずかしいことなのに、シアン様に従うことに喜びを感じてしまうのです。

いけないことをされるのがわかっていて、従順になるのは――禁忌《きんき》を犯すことが私の琴線に触れているらしく、胸が高鳴り、体がぞくぞくしました。

「俺が好きだから、なんでも受け入れられるのだと君は言った。これもか？」

「ふぁ、あ……っ、そこ、やぁ……っ」

花が開くようにして、隠された場所が全て晒《さら》されています。

長い指先が花の芽を、強弱をつけながら弾き、それから、舌が、何度も私の秘所を舐《ねぶ》りました。

あつくて、ぬるぬるしていて、気持ちいいのです。

性急な快楽が体を迫り上がってきて、私は自分の足を掴みながらぎゅっと目をつぶりました。

「あ、あ、あ……っ、そこ、なか、ぬるぬる、だめ……っ」

舌が蜜口に押し込まれて、中の粘膜をじゅぶりと舐《ねぶ》りました。

体の内部を舐《な》められる奇妙な感触に、ぼろぼろ涙がこぼれます。

「甘いな、ラティス。もっと、食べたい」

「しあ、さま……っ、はげしいの、こんな、きゅう、に……っ」

「君の体は、いつでも俺を受け入れる準備ができているだろう？」

「ぅん、うん……っ、私は、シアンさまのものです、から……シアンさまの、好きに」

「良い子だ。愛しているよ」

「うれしい……です……っ」

どんなに恥ずかしいことも。淫らなことも。やっぱり、あなただから、嬉しいと思えるのです。

日陰で眠る猫のように、籠《かご》に飼われる小鳥のように。静かに生きていた私は。

少しだけ、学ぶことができました。

この国には色んな人が、色んな思いを抱えて生きていること。

それから――愛する男性の望みをなんでも受け入れてしまうのは、私だけではないこと。

たぶん、グレースお姉様も一緒なのだと思います。

「ぁ、あっ、しあ、さま……っ」

「何度も達すると、辛いだろう。もう入れても？」

私が頷《うなず》くと、シアン様は私を抱き上げるようにして、私の入り口に昂《たかぶ》りを押し当てます。

「あ、ああああっ、ゃ、あう……っ」

最奥を貫かれた衝撃で私は達しましたが、間を置かずに下から激しく突き上げられて、すんすんと泣き声を上げました。

「も、いった、の……っ、しあ、さま、まって……いってる、から……っ、いく、はげしいの、きちゃう……っ」

達したばかりの切ない体に追い打ちをかけるようにして、さらに奥を突き上げられて、私はいやいやと首を振りました。

「可愛いな、ラティス。いっていい。ここ、好きだろう。いけ、ラティス。君の可愛い姿がもっと見たい」

「っ、あ、ぁっ……ぁあああっ」

力の入らない腕でシアン様にしがみつきますが、自重から、深く深く、シアン様を奥まで導いてしまいます。

最奥の一番柔らかいところをシアン様の猛った先端に押し上げられて、あまりの快楽にぼろぼろ涙がこぼれました。

再び絶頂感に体が支配されて、足先がシーツを蹴ります。強すぎる快楽から逃げようとしても、腰を掴まれて動くこともできません。

「気持ちいいな。ふふ……酔うのは、久々だが、悪くない」

耳元で、シアン様の楽しげな声がします。

掠《かす》れた、情欲に彩られた声音は、いつも冷静なシアン様の声とは違うものです。

その声が鼓膜を揺らすと、体はさらに熱を帯びるようでした。

「ん、んぅ、あっ、あああっ……ひ、あぁああ……っ」

じゅぶじゅぶと、奥を突き上げられます。

幾度も下から突き上げられるたびに、お腹の奥が熱くて、切なくて、体中に広がっていくびりびりとした快楽に、私は悲鳴じみた声を上げました。

「しあ、さま、おく、あたって……っ」

「いい？」

「はい……いいです、いいの……っ、いく、わたし、すぐに……っ」

頭がふわふわします。なにも考えられないぐらいに、真っ白になってしまいます。

達したまま戻ってくることができないのに、甘く何度も達し続けて、もう、自分がどこにいるのかさえわからないほどです。

「ラティス、中が震えている。また、達したのか。可愛いな、ラティス」

力の入らない体を抱きしめられて、シアン様の唇が私の首筋を強く吸いました。

僅《わず》かな痛みも、今は全て快楽へと塗り変わっていくようでした。

私の中のシアン様がいつもよりも大きくて、どくどくと脈打っているように感じられます。

信じられないぐらいに奥に、その先端が届いているのです。

酩酊《めいてい》のせいなのかと思うと、きっとシアン様もお辛いでしょう。

私は、全て受け止めてさしあげたいと思うのです。その苦しさを。その、欲望を。

「しぁ、さま……きもちい、もっと……」

私はシアン様の逞《たくま》しい背中にしがみつきながら、甘えるように呟きました。

我慢なさらないでほしいのです。私も、気持ちいいのですから。

気持ちよくて、幸せで、このままあなたの腕の中で溶けてしまいたいと思うのです。

「ラティス……愛している、ラティス」

シアン様は胸を舐《ねぶ》り、胸の頂を甘噛みしました。

痛みの後に、慰めるようにして優しく舐《ねぶ》られます。つんと膨れた胸の飾りをちろちろと舐《ねぶ》られると、お腹の底が切なく疼《うず》きます。

その切ない場所を撫《な》でるように、熱杭の先端が円を描くように動くと、たまらなく気持ちいいのです。

じわりと愛液が滲《にじ》んで逞《たくま》しいものでいっぱいになった私の膣壁を流れ落ちていきます。

「ん……っ、あ、ぅう……」

次第に動きが速くなり、ぐちゅぐちゅと音を立てながら私の中をシアン様のご自身が行き来するたびに、私は甘く何度も達してしまいます。

「っ、ぁ、あ、ああ、ん……っ」

激しく貫かれながら胸を舐《ねぶ》られると、体が変になりそうなほどに、さらに切なく気持ちよくなっていくようでした。

「きもち、い、しあんさま、むね……っ、あぁああ……っ、おなか、あついよぉ……」

「ラティス……愛している、ラティス。孕《はら》め、ラティス。俺の子を」

私は嬉しくて、こくこく頷《うなず》きました。

シアン様の子が、欲しいのです。たくさん、欲しい。

「ぅん……欲しいの、シアン様……っ、シアン様……おにいさま……」

そう、呼んでみたくて。

私は、無意識のうちにお兄様と、口にしていました。

シアン様の血が私と近しいことが嬉しい。心でも体でも、そして、流れる血でも、繋がっているように思えるのです。

それはきっと、シアン様だからそう思うのでしょう。

クルガンお兄様をお兄様と呼んだ時、私はなにも感じなかったのに。

今はとても、いけないことをしているようで、同時に嬉しくて——私もシアン様と同じ。お酒に酔っているように、くらくらします。

「たまにはそう呼ばれるのも、悪くないな」

私の中でシアン様がさらに大きくなるのを感じました。

もう、いっぱいなのに。

苦しいぐらいにいっぱいになってしまって。脳髄が焼かれるように、快楽でじんじんと痺《しび》れました。

「嬉しい、です。もっと、深く、繋がっているみたいで……」

「あぁ。あまり意識したことはなかったが……そうだな。兄と呼ばれるのは、禁忌《きんき》を破るようで、いい」

「しあん、おにい、さま……っ」

「可愛いな、俺のラティス」

私がクルガン様を、クルガンお兄様と呼んだ時、シアン様はとても苛立っていたようでした。

その理由がようやくわかったような気がしました。

シアン様も、私の従兄だったのに、クルガン様だけを特別に扱ったようになってしまったから。

なんだか――それは、可愛らしいと思えます。

私はシアン様の頭を抱きかかえました。

艶《つや》やかな黒髪が、手や腕に、さらりと触れます。

何度も高みにのぼっているのに、さらにさらに高いところへ、強引に押し上げられるようでした。

私の最奥の入り口に、ごつごつとシアン様の先端が当たって。

目の前に星が散るみたいに、気持ちよくて。

この先に――もしかしたら。

子供を授かることができるかもしれないと思うと、なによりも尊くて。

「好きです、しあんさま、すき、すき……っ」

「ラティス、俺も同じだ。愛している、ラティス」

名前を呼ばれるのも、掠《かす》れた声で愛していると言われるのも。

全部、大好きです。

「わたし、また、いく……いってしまいます、しあんさま、しあんさま……っ」

「あぁ、俺も一緒に」

どくりと中に熱い液体が注がれるのと同時に、私の深く閉じた瞼《まぶた》の裏側に、ちかちかと星が散りました。

お腹の奥があつくて、気持ちがよくて。

高いところに登り詰めたまま、気持ちいいのが終わらないのです。

「ふ、ぁ、あ……っ」

私の中のシアン様は、まだ硬いままでした。シアン様は私の中に擦りつけるようにしてそれを動かして、さらに、硬く、大きくします。

先ほどと同じぐらい、もっと大きくなった熱杭が、私の中をみっしりと埋めていて、まだ終わらないのだということがわかると、背筋がぞくぞくとしました。

シアン様は私の体をベッドに倒して、両足を抱え上げます。

私はベッドに深く体を沈めて、ぎゅっと、シーツを掴みました。

角度が変わると、気持ちのいいところにぴったりと当たって、もうそれだけで、私は体を震わせてしまうのです。

シアン様は私の体をきつく抱きしめながら、腰を揺すりました。

ぎりぎりまで引き抜かれた昂《たかぶ》りが、奥を抉《えぐ》るように突き刺して、私ははくはくと息をつきながら新しい涙をこぼしました。

「ぁ、あ、あああっ、もお、やらぁ……っ、いっちゃう、また、こわれちゃ……っ」

「君は強いのだろう？　これぐらいでは壊れない。もっと、気持ちよくなろうな、一緒に」

「あっ、ひっ、ゃあああ……っ」

達した後の気怠い幸せに身を任せる暇もないままに、強く激しく、求められます。

シアン様の理性も、酩酊《めいてい》のために溶けてしまったのでしょうか。律動はいつもよりも激しくて、呼吸さえままなりません。

促迫《そくはく》した呼吸さえ奪うように、私の口をシアン様の唇が覆い、まるで食べるようにして舌を舐《ねぶ》られました。浅いところを何度も突き上げられて、同時に腫れた赤い芽を指先で弾かれると、腰が跳ねてしまいます。

「ひっ、ぅうう……っ、あん、ああっ、でちゃうの、しあ、さま……でちゃう、らめ、あ、ああ……っ」

迫り上がってくる排泄感とともに、透明な液体が迸《ほとばし》って、シアン様の服をびしょびしょに濡らしてしまいます。

シアン様は薄く笑うと、さらに激しく内壁を昂《たかぶ》りで擦りながら、私のこぼれた涙を啜《すす》りました。

「ラティス、まだだ。まだ、頑張れるな？」

「ん……っ、あ、あ、ああ……もぉ、いくの、こわいの……っ」

「大丈夫。怖いことなどなにもない。まだこれでは、君は孕《はら》まないだろう。ずっとこうしていような、ラティス。ここが俺のもので溢れて、いっぱいになるまでずっと」

甘い声で、シアン様が囁《ささや》きます。

シアン様の背中で不死鳥の炎の青い翼が広がって、消えていきました。

不死鳥の欲とは、愛する人を閉じ込めて孕《はら》ませるまで愛したいというものだと、シアン様がいつかおっしゃっていたことを思い出します。

「ラティス、好きだろう、ここが。こうして撫《な》でると、君はすぐに達してしまう」

「ぁ、あうぅ……っ、やだぁ……っ、ぐりぐり、だめ……っ」

気持ちいいところをとんとん優しく突き上げられて、硬い先端を押しつけられると、ぽろぽろ涙がこぼれます。

「ひ……ぅ、う……っ、あ、あん、ん……」

私はシアン様に抱きしめられて、泣きじゃくりました。気持ちよすぎて、辛いのです。

これ以上されたら、私は壊れてしまうような気がしました。

再び最奥を甘く撫《な》でられて、膨らんだ花芽を指で強く擦られて、私は意識を飛ばしたのでした。

――どれぐらい、時が経ったのでしょうか。

意識を失うたびに揺り動かされて、覚醒と微睡《まどろ》みを繰り返しているようでした。

「ラティス、飲め」

薄く目を開くと、シアン様が飲み物を口に含んで、私と唇を合わせました。

流し込まれた清涼感のある飲み物は、ハーブとレモンの入った紅茶でしょうか。喉の渇きが癒えるのが嬉しくて、私はシアン様の舌に夢中で自分のそれを絡めました。

もう、自分がなにをしているのか、なにを言っているのかさえよくわからないほど――自分を見失っているようです。

「もっと欲しいか？」

羞恥心も、理性も、とっくに溶けてしまっていました。

「ほしい……」

「口を開けて」

言われるままに口を開くと、唇が重なって、液体が喉に流し込まれます。

「おいしい、しあんさま……」

「あぁ。ラティス。言うことを聞いてえらいな。良い子だ」

「うれし……っ、ん、ぁ、ああ……っ」

何度、お腹の奥に精を注がれたでしょうか。

抜き差しをされるたびに中に残っているものが泡立って、流れ落ちて、はしたない音を立てています。

「あ、ぁあ……っ、いぃ、の……っ、きもち、い……すき……」

「ラティス、ラティス」

掠《かす》れた声で何度も名前を呼ばれて、私は力の入らない手をシアン様に伸ばしました。

抱きしめて、抱きしめられて、重なり合って。

一つになることができるのは、苦しいぐらいに、幸せでした。

「かわいい、ラティス。もっといっぱいにしたい。君を檻《おり》に閉じ込めて、俺だけのものにしたい。誰にも会うことのないように」

「ふ、ぁあ……」

「昼も夜もずっと、繋がっていたい。君と気持ちいいことだけを、していたい。幸せだな、ラティス」

「うん、しあわせ、です……しあわせ、私、しあわせ……」

うわごとのように、私はシアン様の言葉を繰り返しました。

それが本気だとしても、褥《しとね》の中だけの言葉遊びだとしても。

どちらでもいいかなと思います。檻《おり》に閉じ込められて飼われたとして、私は喜んでそれを受け入れるでしょう。

それぐらい——私は、あなたを愛しているのですから。

終章　変わりゆくもの

クルガンが起こした反乱は、シアン様のお力により幕を下ろしました。

その後の処理はとても大変だったようで、王国はしばらく混乱の最中にありました。

多くの貴族の家が取り潰されて、その領地はハロルドお兄様のもとへ返却されました。

クルガンのスルド家や、フォルゼウス辺境伯家を筆頭に、多くの貴族を粛正するお兄様のやり方は他の貴族たちに恐怖と反発心を覚えさせました。

一方で、腐敗した貴族たちに辛酸を舐《な》めさせられてきた民からの支持は高く、お兄様のやり方に賛同する者たちも多くいたようです。

私が幻獣の民を救った時と同じ。

それはシアン様やお兄様の目には善きことに映り、他の人たちの目には悪いことに映りました。

多くの人がいれば、それだけ多くの意見が生まれる。

難しいことですけれど。

私は——結局のところ、私の大切な人たちが、穏やかに暮らすことができればいいと考えてしまいます。

それはわがままかもしれません。

でも、私の本音には違いありません。

お兄様に反目する方々がいるのですから、反乱の狼煙《のろし》が再び上がる可能性はあるのでしょう。

けれどお兄様には、圧倒的な力を誇るシアン様がいます。

お兄様の方針で幻獣の民を騎士に取り立てていくことが決まると、士官する者もちらほらと出てきたようでした。

幻獣の民はそれほど数が多くなく、今さら王国のためになど働けないと思っている方もたくさんいるでしょうから。シアン様の話では、ごく、数人ということでしたけれど。

トアさんは、夫のジェイルさんと、娘のマナと再会することができました。クルガンに捕まっていた他の幻獣の民の方々もその家族たちも解放されて——今は王都に皆で暮らせる宿舎を与えられ、シアン様の庇護下に置かれています。

シアン様が庇護している以上、誰も彼らに手出しはできません。多くの貴族たちがシアン様の力を目にし、ハロルドお兄様の片腕だということは王国中に知れ渡りました。

シアン・ウェルゼリアにだけは手を出してはいけないと——それは、貴族だけではなく広く庶民にまで、伝わっているようでした。

「シアン・ウェルゼリアだけではなくて、その妻ラティスにも手を出してはいけない——それは、不死鳥の片翼をもぎ取るようなもの。不死鳥の怒りは大地を切り裂き、国を滅ぼすだろう。なんて、吟遊詩人が歌ってますよ」

そう、ヨアセムさんが楽しそうに教えてくれました。

私は少し恥ずかしく、けれど誇らしく思いました。

シアン様の片翼だと言われることは、私にとってはこれ以上ない名誉なことでした。

とても強い幻獣の民である氷竜種の力を持つトアさんが、騎士団に入るという話も出ました。けれどトアさんは戦うことを嫌っています。普通の女性として、静かに暮らしたいと希望しています。

それなので、ハロルドお兄様のその要求は、シアン様が「私では不足ですか」とお兄様にかけあって、却下をしてくださいました。

シアン様は「ラティスがトアを守れと希望したからだ」とおっしゃいますが、シアン様の望みでもあったのでしょう。シアン様が優しい人だと、私は知っていますから。

私は静かに生きたいと望んでいるトアさんを支えていくつもりです。時折、一緒にドライフラワーを作ったり、ポプリを作ったりしています。仕事にできれば、少しはお金を稼ぐことができます。

トアさんはとても匂いに敏感で、トアさんが作るポプリは驚くほどに良い匂いがして高値で売れるのだと、アルセダさんが言っていました。

フェルネは、もうすぐ士官学校に入る予定です。子供の成長は早いもので、少しの間に驚くほどに身長が伸びて、逞《たくま》しくなりました。

将来はきっと立派な騎士になるでしょう。

そのための道を、シアン様たちが作っているように感じられました。

シアン様はいつも通り「俺はなにもしていない」と言うのですけれど。

そしてヨアセムさんもいつも通り笑いながら「またまた。そういうところが格好いいですよね」と言うのです。

少しずつ変わっていく世界の中で、変わらない日常を、私はとても愛しく思います。

「ラティス、体は大丈夫か？」

最近のシアン様は、お出かけになる前に必ず私の手を握り、心配そうにそうおっしゃいます。

「大丈夫です。今日も元気ですよ」

「お腹の子は」

「お医者様が言うには順調なようなので、心配ないと思います。最近は、お腹の中で少し動くのです」

月下鈴蘭の香りで酩酊《めいてい》したシアン様と数日、部屋から出ずに愛し合ったおかげでしょうか。

幻獣の民は子を作りにくいのだと聞いていたのですが。

それから数カ月後、私は身籠《みご》もることができました。

シアン様は戸惑いながらも、とても喜んでくださいました。

変わる世界の、変わらない日々の中で。

少しだけ変わったものもあります。

今まであまり感情を出さなかったシアン様の表情が、豊かになったようなのです。

私以外にはなにも興味がないような態度を貫いてきたシアン様ですけれど、私の体と、それからお腹の子についても、とても心配するようになりました。

その変化を、私もそれから、家の者たちも、とても喜んでいます。

ひどい世界ばかりを見て、どこか心が壊れてしまったようなシアン様が人間に戻った――などと、たまにヨアセムさんやアルセダさんは、お酒を酌み交わしながら泣いているそうです。

シアン様は元から人間ですので、ちょっと失礼かなとも思いますけれど、言いたいことはなんとなくわかります。

「動くのか、腹の中で」

「はい」

「触ってもいいだろうか」

「はい、どうぞ」

ゆったりと椅子に座ってお腹にかけものをかけている私は、かけものを外して自分で自分のお腹に触ってみせました。

そこには、大きな膨らみがあります。

あと二カ月もすれば、私たちの可愛い赤ちゃんと会えるのです。

もちろん不安もありますけれど、嬉しい気持ちのほうがずっと大きいです。

アルセダさんは焦ったり慌てたりして、落ち着かない様子です。

一生懸命、育児の教本を読んでくれています。私も一緒に読んでいます。

なにせ、初めてのことですから。

フェルネを育てた経験のあるオランジットさんが「任せてください、ラティス様」と、頼もしく言ってくれています。

晴れてルーベンス様と結婚したグレースお姉様からも、たくさんの贈り物が届いています。

ゆりかごや、産着や、色々。とても気が早いのです。

――私は幸せです。優しい人たちに、囲まれて。本当に幸せです。

「あぁ、本当だ。動いた」

私の足元に跪《ひざまず》くようにして、シアン様が私のお腹に優しく触れました。

それから、耳をお腹に当てます。

「鼓動が、聞こえるようだ。……俺の子がここにいるのだな、ラティス」

「はい。楽しみですね。男の子でも女の子でも、シアン様に似てとても美しい子が生まれます」

「君に似て、優しく強く、愛らしい子かもしれない。……こんな気持ちに、なるのだな」

「どんな気持ちですか？」

「……今まで俺は、君と俺の幸せのために、軍属にあった。だが、今は……子供のために、国を守らなくてはいけないと感じている」

「ふふ……シアン様は、素敵なお父様になりますね、きっと」

私はシアン様の髪を撫《な》でます。

愛を知らなかった獣が――少しずつ感情を覚えていくように。

シアン様の世界も、愛でいっぱいに満たされたらいい。満たしてさしあげたいのです。

「でも、私のことも忘れないでくださいね。たまにはキスをしたり、愛してくださると、嬉しいです」

「……もちろんだ、ラティス。俺はずっと我慢をしている。だから……子供が生まれたら、君を抱きたい」

「はい。……お手柔らかに、お願いします」

この国の行く末を、私は知りません。

でも、できれば——

この子の未来に、幸が多くあることを。

不死鳥の加護があることを、私は深く祈りました。

番外編　あなたが喜びで満たされるように

「ラティス、シアン。二人の名前を合わせると、何になるでしょうか。ティア、ラシアン、シティス、シス……」

体をベッドの上に積まれたクッションに埋めるようにして、ラティスが話しかけてくる。

可憐で繊細で、けれど芯の強さも感じられる、落ち着いたその声が、どこか楽しげに歌うような言葉を紡ぐのを聞いていると、冷たいばかりだった俺の心にもあたたかい炎が灯るようだった。

はじめのころは本当に赤子がいるのだろうかと疑問に思うぐらいに平らだったラティスの腹は、今はそんなに皮膚が伸びて大丈夫かというぐらいに大きく膨れている。

体を締めつけない作りになっているゆったりしたワンピースを着ていても、その大きさがはっきりわかるぐらいだ。医師の話では今月には子供が生まれるのだという。

こんなに落ち着かない心持ちで日々を送るのは初めてだった。だが、仕事中にもどこか気もそぞろな俺に比べて、ラティスは落ち着いたものだった。

「シアン様はどんな名前がいいと思いますか？」

「君の気に入ったものならなんでも」

「それでは困ってしまいます。シアン様も一緒に考えてください。二人の子供なのですから」

「そうだな、すまない」

妻が子を産む時は仕事を休むものだと、クラーヴを筆頭として部下たちに言われた。

ハロルド陛下からも「シアン、ラティスに子が生まれるのだろう。しばらく休暇を取るように」と命令された。

ハロルド陛下という人は不思議な方で、普段は冷徹な面が目立つものの、時折そういった情け深さを見せることがある。

陛下直々に命令をされたということもあり、ここ数日はラティスとゆっくり過ごすことができていた。

といっても、俺がいなくともラティスは不自由していない。

アルセダやオランジットがいるし、トアも娘を連れてたびたび遊びに来ている。グレース様も「まだ生まれないの？」「体は大丈夫なの？」とラティスを心配して、よく訪れるようになっていた。

それは俺にとっては少し寂しいことではあった。だが、ラティスが生き生きとした表情を浮かべて、今日あったことを話してくれる姿を見ていると、寂しいと感じる以上に微笑ましいと思えるようになった。

彼女の幸福を、徐々にだが、純粋に喜べるようになっていた。

以前の俺はフェルネにさえ嫉妬をしていた。おそらく、余裕がなかったのだろう。

俺がラティスを愛しているのと同じぐらいに、ラティスも俺を愛してくれているのだと理解するようになってからは、それも少し落ち着いた。

もちろん嫉妬や独占欲が全て消えたというわけではない。だが、以前のようにどこかに閉じ込めて、繋いで、俺だけのものにしたいという欲は、自分の中に抑え込めるようになっていた。

不死鳥の欲のせいで、ラティスを傷つけたくはない。

ラティスだけではなく、彼女が大切にしている者たちのことも。

彼女に笑顔を与えてくれる者たちを、ラティスを独占するためにラティスから遠ざけるのではなく、彼女の笑顔を見るために守らなくてはいけないと、今は思う。

トアについては、その命を一度は奪いそうになったが——今は和解をしている。

「シアン様は幻獣の民の希望です」と、俺の庇護下にあるトアたち幻獣の民やそれに連なる者たちは口をそろえて言う。しかし、全てはラティスが望んだことだ。

ラティスが望み、優しさを分け与えた。だから、彼女の周りにはたくさんの人がいる。

皆がラティスを愛していて、ラティスも皆を愛している。

「そうだな……ティシア、ではどうだろう」

「ティシア……可愛い名前ですね」

ベッドに横たわるラティスの隣に座って、俺は思いついた『ティシア』という名を、心の中で反《はん》芻《すう》する。

誰かに名を与えるという経験は、もちろん一度もない。

生まれてくる子が一生その名を背負っていくのだと思うと、名というものは、とても大切な言葉だと感じる。

俺を捨てた両親は、俺にシアンという名を残した。

どういう気持ちで名付けたのか、そもそも本当に両親が名付けたのかさえ定かではないが、そこにはきっとなにかしらの感情が込められていたのだろう。

ラティスは俺たちの名を合わせたものがいいと言う。二人の子供だから、二人の大切な名前を合わせたいのだと。それが妙に、嬉しかった。

ラティスは、どう合わせるべきか考えあぐねて、かれこれ一週間以上はベッドの上で色々な名を呟いていた。俺は口を挟まなかった。俺が名付けるよりも、ラティスが名付けたほうが子も幸せになるだろうと思っていたからだ。

だが、そうではなく――二人の子供だから、俺も一緒に考えなくてはいけない。

ラティスに指摘されて初めて気づくことが、俺にはとても多い。

「ティアでは、涙という意味になる。だが、ティシアでは古い幻獣の言葉で、喜びという意味だ」

「幻獣の言葉？」

「あぁ。かつて幻獣たちがいた時代の記憶が、俺には僅《わず》かに残っている。断片的に夢に見る程度だがな。人々は幻獣の言葉で祈りを捧げていた。シス・ラエ・ティ・ティシア――大地に喜びが満ちるようにという意味だ」

そう伝えると、ラティスは嬉しそうに、花が咲いたように笑った。

「ティシア……とても良い名です。今のお話を聞いて、なおさらそう思いました。ティシア……あなたは、ティシア」

「まだ、女の子か男の子かわからない」

「そうですね、ふふ……気が早いですね、私。あぁでも、お返事をしているようですよ。お腹の中で、元気に動いています」

ラティスは俺の手を取ると、自分の腹にそっと触れさせた。

優しく手を置いただけだというのに、その皮膚の下で動き回る赤子の感触がある。

触れるのはこれが初めてではないのだが、触れるたびに新鮮な驚きを感じた。

こんなに華奢《きゃしゃ》なラティスの腹に、赤子がいる。それは俺がラティスと愛し合った結晶。ラティスが俺を受け入れてくれた証。そう思うと——胸が震えた。

「もうすぐ、会えるのだな。出産は、命がけなのだろう。俺が傍《そば》にいる。不死鳥の力があれば、どのような傷もすぐに癒える」

「ありがとうございます、シアン様。なによりも、心強いです」

今までは人を傷つけるために、力を使ってきた。そして傷ついた者を、気まぐれに癒やすこともあった。

だが、不死鳥の力があってよかったと思うことは、初めてだ。

ラティスの腹に触れる俺の手に、ラティスはその小さな手を優しく重ねてじっと俺を見つめた。

穏やかに世界を照らす月の光のような銀の髪がしどけなく肩に落ちている。細く白い首、ふっくらとした唇。形のよい耳。ラティスを形作る全てが愛しく、どんな時でも愛らしく感じた。

桜色の愛らしい瞳が真っ直ぐに俺の目を見る時、こんな俺でも生きていてよかったと思うことができた。ラティスがいなければ――心のあたたかさも幸せも、人肌の温もりも愛しさも知らずに終わりを迎えていただろう。

「ティシア、あなたのお父様は誰よりも強く美しく、優しい方なのですよ」

「……それは、褒めすぎというものだろう」

「そんなことはありません！　それに、少し寂しがり屋で、情熱的で――とても、可愛らしい方なのです」

「可愛い……？」

「ええ。シアン様は……シアン様がご不在でも、私の傍《そば》には多くの人がいるから、大丈夫だと思っていらっしゃるでしょう」

「そうだが、違うのか。俺がいなくとも、君は楽しそうだ。俺には君を笑顔にすることは、難しい」

本心からそう伝えると、ラティスは困ったように眉を寄せる。それから俺の手を握る手に、軽く力を込めた。不実を詰《なじ》るように、俺の指をラティスの細い指が掴み、ぎゅっと握る。

「それは違います。もちろん、皆さんがいてくださるから私は楽しいですし、皆さんのことが好きです。けれど、シアン様がいない時はずっと寂しいですし、シアン様のお帰りを待っています」

「……そうなのか」

「もちろんです。あなたがいてくださるだけで、心細さも寂しさも消えてしまって――とても、安心することができるのです。あなたの傍《そば》にいることができるから、私は安らげるのですよ」

喜びも、楽しさも、安らぎも。

全てあなたがいればこそだと――ラティスは、俺の手を優しく包み込んだ。

「君には、教えられてばかりだな。……困ったことに、今の君を抱きしめることはできない。力加減がわからず、傷つけてしまいそうで怖い」

「ふふ……でしたら私があなたを抱きしめてさしあげますね」

「君が、俺を」

「はい。こちらに、頭を」

ラティスに言われるままに、彼女の肩に頭を預ける。

包み込むように顔を抱きしめられて、髪を撫《な》でられる。その心地よさに、安心感に深く目を閉じた。


それから数日後。普段は静かなウェルゼリア家が騒がしくなった。

アルセダは廊下を走り回り、オランジットが屋敷の者たちにてきぱきと指示を出している。俺はラティスの手を握りしめて、苦痛に顔を歪《ゆが》めて、悲鳴を押し殺しているラティスの傍《そば》にいた。

トアのいた集落で、何人もの幻獣の民の子をとりあげてきたという医師を、トアが連れてきた。

俺は傍《そば》にいたいと言ったのだが、「男性に見せたい姿ではありません、なにかあればすぐにお呼びしますから、部屋の外へ」と医師やオランジットに、それからトアにも厳しく言われて、ラティスも必死に頷《うなず》いていたので、扉の外で待つことになった。

扉の外では、ヨアセムとフェルネが心配そうな面持ちで待っていた。

「こういう時、男にはなにもできることがないんですね」

「ラティス様が心配です」

「……あぁ、俺も同じだ。できることなら、代わりたい」

俺にできるのは、ただ待つことだけだった。

分厚い扉の向こう側から、ラティスを励《はげ》ます女性たちの声が聞こえる。

どれほど、待っただろうか。短いようにも長いようにも感じられた。不安ばかりが募っていく。

どうか無事でいてくれと、祈り続けた。

やがて——静かに扉が開いた。医師が「無事にお生まれになりました」と、微笑んでいる。

俺は転がるように部屋の中に入る。ベッドの上には、疲れた顔をして、けれどこれ以上ないぐらいに幸せそうな笑顔を浮かべたラティスが、布にくるまれた小さな命を腕に抱いていた。

「シアン様」

「ラティス、無事か！　子供も……！」

「はい、無事です。この子も無事です。元気な、女の子だそうですよ」

「女の子」

「ええ。ティシアです」

ラティスの腕の中で、片手で抱えることができるほどの小さな赤子が、くりくりとした可愛らしい瞳でラティスを熱心に見つめている。

その子の瞳は、赤い。そして、髪は黒かった。

「幻獣の民か……」

「ええ、とても可愛いですね、シアン様！」

心のどこかで、普通の人間であればいいと思っていたのかもしれない。

俺の声に含まれた戸惑いにすぐに気づいたように、ラティスは明るい声で言った。

「なんて可愛いのでしょう……ティシア様、このアルセダ、生涯ラティス様とシアン様、そしてティシア様にお仕えしますね」

「おめでとうございます、本当によかった……！」

「ラティス様、シアン様、おめでとうございます！　とても嬉しいです。本当に……！」

アルセダとオランジットが、支え合うようにして泣きながら、トアが涙ぐみながら、祝福の言葉を口にする。

「ラティス様、よかったぁ……！　本当に本当に心配しました！　おめでとうございます、アルセダと共に、このヨアセムもずっとお傍《そば》にいますよ」

「すごく可愛いです……ご無事でよかった」

ヨアセムもフェルネも、感極まったように涙をこぼしている。

その様子を見て、ラティスは瞳を潤ませた。

「ティシア……皆があなたを祝福しています。もちろん私も、あなたのお父様も」

「あぁ……ラティス、頑張ってくれてありがとう。ティシアも」

抱いてみるかと、ラティスがティシアを差し出した。

俺はおそるおそる、そのすぐ壊れてしまいそうな小さな命を抱きかかえる。

あたたかく、動いている。きちんと、生きている。

この子は——これほど多くの者たちに祝福され、生まれてきた。

「——ティシア、生まれてきてくれてありがとう」

俺は背中から炎の翼を生やして、不死鳥の癒しの力を使った。

部屋には青い癒しの羽根が舞い落ちる。その光景を見て、ティシアが嬉しそうに笑ったような気がした。

——シス・ラエ・ティ・ティシア。

大地に喜びが満ちるように。

きっとこの子は、皆に喜びをもたらす——ラティスのような、優しく強い子になるだろう。

この作品に対する皆様のご意見・ご感想をお待ちしております。
おハガキ・お手紙は以下の宛先にお送りください。

【宛先】
〒150-6019 東京都渋谷区恵比寿4-20-3 恵比寿ｶﾞｰﾃﾞﾝﾌﾟﾚｲｽﾀﾜｰ 19F
（株）アルファポリス　書籍感想係

メールフォームでのご意見・ご感想は右のＱＲコードから、
あるいは以下のワードで検索をかけてください。

アルファポリス　書籍の感想　検索

ご感想はこちらから

本書は、「アルファポリス」（https://www.alphapolis.co.jp/）に掲載されていたものを、
改題、改稿、加筆のうえ、書籍化したものです。

美貌《びぼう》の騎士団長《きしだんちょう》は逃《に》げ出《だ》した妻《つま》を甘《あま》い執愛《しゅうあい》で絡《から》め取《と》る

東原ミヤコ（つかはら みやこ）

2024年9月25日初版発行

編集－渡邉和音・森 順子
編集長－倉持真理
発行者－梶本雄介
発行所－株式会社アルファポリス
〒150-6019 東京都渋谷区恵比寿4-20-3 恵比寿ｶﾞｰﾃﾞﾝﾌﾟﾚｲｽﾀﾜｰ19F
TEL 03-6277-1601（営業） 03-6277-1602（編集）
URL https://www.alphapolis.co.jp/
発売元－株式会社星雲社（共同出版社・流通責任出版社）
〒112-0005 東京都文京区水道1-3-30
TEL 03-3868-3275
装丁イラスト－鈴ノ助
装丁デザイン－AFTERGLOW
（レーベルフォーマットデザイン－團 夢見（imagejack））
印刷－中央精版印刷株式会社

価格はカバーに表示されてあります。
落丁乱丁の場合はアルファポリスまでご連絡ください。
送料は小社負担でお取り替えします。

ISBN978-4-434-34486-2 C0093